Harald Schmidt

Niemand trägt die Schuld allein

Roman

Schicksalsschläge lassen sich ertragen,

sie kommen von außen, sind zufällig.

Aber durch eigene Schuld leiden,

das ist der Stachel des Lebens

Oscar Wilde

Harald Schmidt

Niemand trägt die Schuld allein

Roman

Bibliografische Information der Deutschen Nationalbibliothek:
Die Deutsche Nationalbibliothek verzeichnet diese Publikation in der Deutschen Nationalbibliografie; detaillierte bibliografische Daten sind im Internet über http://dnb.dnb.de abrufbar.

© 2016 Harald Schmidt

Buchcover: Alexander Kopainski
www.alexanderkopainski.de

Herstellung und Verlag: BoD – Books on Demand, Norderstedt

ISBN: 978-3-741-26153-4

Erinnerungen	7
Wie alles begann	10
Gespräch unter Freunden	18
Erste Diagnose	30
Zweifel am Glauben	40
Der erste Streit	45
Frauengespräch	52
Peinliche Überraschung	58
Intrigen	66
Aussprache	72
Die Schuldfrage	79
Besuch von Micky	85
Die Versuchung	89
Misstrauen	104
Reaktionen	120
Kontakt zu Patrick	133
Dritte Sitzung	139
Erstversorgung	147
Kontaktaufnahme	154
Gemeinsamer Besuch	165
Mickys Geheimnis	174
Anruf von Klaus	181
Muschi	188
Zufallstreffen	196
Mickys Visionen	203
Vater/Sohn-Gespräch	213
Epilog	223

Erinnerungen

Im Lichtkegel der Laternen verfolgte Vera die tanzenden Schneeflocken, die sich im Vorgarten mit der dort bereits ruhenden, weißen Masse vereinigten. Sie verdeckten allmählich die Spuren, die kurz zuvor eine streunende Katze hinterlassen hatte. Obwohl das Außen-Thermometer Minustemperaturen anzeigte, gab ihr dieses Bild der Winterlandschaft ein wärmendes Gefühl. Sie schob die Lesebrille, die sie leicht angehoben hatte, in das Haar und konzentrierte sich vollends auf das Geschehen. Das Buch, in dem sie las, hatte sie in eine Melancholie versetzt, ihr das Gefühl gegeben, vergessen geglaubten Gedanken nachhängen zu müssen. Das Lesezeichen schob sie gedankenverloren zwischen die Seiten, klappte den Roman zu und legte ihn neben die kleine Vase auf den Tisch. Ohne den Blick vom Fenster abzuwenden, griff sie zum Glas und nippte daran. Sie liebte es früher, an Winterabenden ein gutes Buch zu genießen, dazu ein edler Tropfen. Peter hatte damals stets einen erlesenen Wein im Keller bevorratet. Seine geschäftlichen Kontakte zu einem badischen Winzer nutzte er gerne zu einer Weinprobe. Stolz präsentierte er ihr später seine neuesten Einkäufe, die dann, von einem feinen Abendessen begleitet, genossen wurden. Sie liebte diese Abende, denn sie fanden in den meisten Fällen ein feuriges, romantisches Ende.

Gerne erinnerte sie sich an diese Zeit der Harmonie, der tiefen Zuneigung zu diesem Mann, der ihr Herz im Sturm erobert hatte. Der smarte Jurastudent verstand es, ihr das Gefühl der Einzigartigkeit zu geben. Er respektierte sie und ihre kleinen Marotten - er schien diese sogar zu mögen. Ein Lächeln umspielte ihre Lippen, während sie die Decke über die Schultern zog. Wie sehr vermisste sie diese Hände, die in der Lage waren, den Augenblick zu verändern. Seine Zauberhände konnten ihr nur durch bloße Berührung die Sinne rauben, sie in eine andere Traumwelt katapultieren. Wohlige Schauer zogen über ihren Körper. Sie spürte diese Finger genau in diesem Augenblick in ihrem Nacken, streckte sich ihnen entgegen. Die Erinnerung vermochte es, ihr diese Trugbilder vorzugaukeln.

Immer häufiger hing sie diesen Gedanken nach. Natürlich hatte es Männer in ihrem Leben gegeben, aber keiner von ihnen reichte auch nur annähernd an Peter heran. Es machte ihr mittlerweile Angst, dass sie sich immer stärker nach den Berührungen zurücksehnte, Berührungen, die nicht nur den Körper erreichten. Nein, sie veränderten die Sinne, schalteten alle Sorgen des Alltags aus. Peter Sobier war ein Magier, ein Mensch, der ihr Tun beeinflussen konnte. Immer, wenn er ging, verschwand diese Magie mit ihm.

Vera starrte zum gefühlt tausendsten Mal auf das Foto, das sie auf der Anrichte zwischen zwei Kerzen gebettet hatte. Es zeigte das pure Glück einer Familie, die den Sommerurlaub am Strand von Barbados genoss. Peter und sie hatten den überglücklichen Patrick in die Mitte genommen, sie tobten gemeinsam durch die türkisfarbenen Wellen. Keiner von ihnen bemerkte damals die dunklen Wolken, die am azurblauen Himmel aufzogen ...

Wie alles begann

Peter Sobier ließ den Wagen einige Meter vor der Garageneinfahrt ausrollen und betrachtete ihr neues Heim. Die Fenster und Türen waren während ihres dreiwöchigen Urlaubs in der Karibik eingebaut worden, das Außengerüst war schon teilweise abgebaut. Sogar die Klinkerarbeiten hatte die Baufirma geschafft. Nur die vielen Sandhügel und herumliegenden Materialien störten noch das Gesamtbild.

»Ist das schön geworden.«

Vera hatte das Fenster heruntergefahren und blickte verträumt auf die Riesenterrasse, auf die sie bei der Planung bestanden hatte.

»Morgen werden wir uns das einmal von innen ansehen. Jetzt geht´s nach Hause zum Auspacken und ausruhen. Ich spüre nun auch die Müdigkeit nach dem langen Flug.«

Peter startete den Motor wieder und setzte zurück. Sein Blick fiel dabei auf Patrick, der ruhig schlafend im Sicherheitsgurt hing. Zuhause angekommen weckte Peter vorsichtig seinen Sohn und drückte ihm eine leichte Reisetasche in die Hand. Vera hielt dem Kleinen, der sein Gepäck mühsam hinter sich herzog, lächelnd die Haustür auf und folgte mit ihrem Trolli. Die schweren Koffer überließ sie dem starken Geschlecht.

Das Frühstück stand duftend auf dem Küchentisch und wartete auf hungrige Mäuler.

»Patrick, du bist ja noch gar nicht gewaschen, wach auf mein Schatz.«

Vera berührte den Kleinen an der Schulter. Langsam öffnete er die Augen und blickte um sich.

»Haben wir verschlafen? Wir wollten doch zum Haus.« Er blinzelte und umarmte seine Mutter.

»Guten Morgen Mama. Wie spät ist es?«

»Es ist noch früh genug, du Schlafmütze. Wasch dich schnell, das Frühstück wartet. Papa ist schon vom Joggen zurück. Auf, auf.«

Der Möbelwagen blockierte die Auffahrt, sodass Peter den Mercedes auf der Straße parkte.

»Wer zuerst am Haus ist, dessen Zimmer wird heute noch eingerichtet, also bei Drei. Eins, Zwei ... halt, du Betrüger, erst bei Drei! Da Peter auch noch beim Loslaufen absichtlich wegrutschte, erreichte Patrick vor seinen Eltern die Haustür und blieb laut lachend stehen.

»Ihr Schlappschwänze ... Ich habe gewonnen.« Peter nahm seinen Sohn in die Arme und warf ihn spielerisch hoch. Den kleinen Blutfaden, der aus dem Nasenloch sickerte, übersah er dabei und begrüßte die Möbelpacker, die sich den herumalbernden Hausbesitzern grinsend genähert hatten. Patrick wischte sich mit dem Handrücken über die Lippen und erschrak heftig.

»Mama, ich blute.«

Vera drehte sich ihm zu und kramte ihr Taschentuch aus der Hosentasche.

»Du hast nur Nasenbluten. Habt ihr wohl doch etwas zu heftig getobt. Werde Papa jetzt mal ordentlich die Meinung geigen. Das geht ja gar nicht.«

»Lass Papa in Ruhe. Der kann da nichts zu. Ich habe mich bestimmt gestoßen.«

»Na, dann hat dein Vater ja noch mal Glück gehabt. Wenn du dich so für ihn einsetzt, werde ich ihn ein letztes Mal verschonen.«

Lachend liefen beide zum Möbelwagen und bestaunten die unzähligen Kartons.

»Kommst du runter, Patrick? Das Abendessen ist fertig?«

Den ganzen Tag über hatten sie den Aufbau der Möbel beaufsichtigt. Patrick hatte eifrig beim Tragen der kleinen Päckchen geholfen und lag nun geschafft auf seinem Bett. Vera fand ihn schlafend und tupfte vorsichtig den kleinen Blutfaden weg, der sich wieder unter seiner Nase gebildet hatte. Sie entschloss sich dazu, ihn ruhen zu lassen und das Essen aufzubewahren, falls er doch Hunger verspürte und runter kam.

»Der Kleine ist völlig alle. Der wird bis morgen früh durchschlafen. Ich verstehe nur nicht, warum er plötzlich Nasenbluten bekommt. Das hat er doch noch nie gehabt.«

Sie sah Peter fragend an, während sie die dampfenden Kroketten entgegennahm, die er ihr anreichte.

»Das wird wohl die Klimaumstellung sein, du wirst schon sehen. Musst du nicht übermorgen zu Doktor Klein? Nimm Patrick doch mit, der soll ihn sich mal ansehen.«

»Gute Idee, Schatz. Der kennt ihn ja schon von Geburt an.«

»Morgen will ich mit ihm noch den versprochenen Ausflug zum Sea Life nach Oberhausen machen. Nachmittags bringe ich dann wieder ein paar Kartons rüber. Die empfindlichen Gegenstände vertraue ich nicht gerne den Möbelpackern an. Hast du eigentlich darüber nachgedacht, ob wir ihm den Hund gestatten? So ein Berner Sennenhund wird ja ziemlich groß. Der macht schließlich Arbeit und schränkt uns bestimmt ein.«

Vera runzelte die Stirn und blickte zur Treppe, um sich zu vergewissern, dass Patrick nicht mithörte.

»Ich würde empfehlen, dass wir das Thema im Augenblick zurückstellen, es könnte sein, dass es nur so eine fixe Idee war und er das wieder vergisst.«

»Das glaube ich allerdings nicht. Ist dir aufgefallen, wie er reagiert, wenn er Hunde sieht? Der wird ja täglich aufs Neue daran erinnert, wenn er draußen ist. Was machst du übrigens heute, Liebling?«

Erwartungsvoll sah er Vera an.

»Du bist ein typischer Macho, du hörst mir einfach nicht zu. Ich habe dir noch zuletzt am Gepäckband in Düsseldorf gesagt, dass ich mit Mama zum Frisör nach Essen-Rüttenscheid fahre. Sie schwärmt so vom Salon Conny Giese, dass ich ihn auch mal ausprobieren möchte. Lass mir die Haare komplett kurz schneiden, ist jetzt total in.«

Lange hielt sie Peters entgeistertem Blick nicht Stand, sie prustete los.

»War doch nur ein Scherz ... Was soll das ... was willst du? ... Peter, nein.«

Mit gespieltem Entsetzen riss sie die Arme hoch, um sich vor seinem Angriff zu schützen. Die Gegenwehr erlahmte jedoch, als sie seine Lippen auf ihren spürte und seine Hände ihre Taille umfassten. Peter hob sie vom Stuhl auf den Teppich, der nicht zum ersten Mal als Unterlage für spontane Liebesspiele diente. Seine Hände begannen, ihren Körper zu verzaubern.

»Wie lange soll ich noch auf dich warten? Du musst kein Schwimmzeug einpacken, das ist ein Aquarium ausschließlich für Meeresbewohner.«

Peter trommelte ungeduldig auf den Dielenschrank und kramte nach dem Autoschlüssel.

»Das weiß ich auch, Papa. Aber ich habe die Kamera nicht gefunden, wir können aber jetzt sofort los. Wo ist Mama? Ich hab´ noch nicht Tschüss gesagt.«

Vera schaute aus dem Bad, die Haare hatte sie mit dem Handtuch zum Turm gebunden. Beide Männer wurden begutachtet. Erst das von einem Lächeln begleitete Nicken zeigte ihnen, dass sie outfitmäßig ohne Beanstandungen durch die entscheidende Kontrolle gekommen waren.

»Fahrt ihr danach direkt zum Haus, oder zieht ihr euch erst noch um? Ich komme so gegen fünfzehn Uhr mit Mama dorthin. Sie will unbedingt helfen.« Sie zuckte entschuldigend mit den Schultern und verabschiedete die beiden Männer mit einem Kuss. Mit einem hintergründigen Lächeln kniff sie Peter in den Po und verschwand wieder im Bad.

»Hab´ ich im Spiegel gesehen«, feixte Patrick und lief lachend zur Garage.

Die A42 war relativ frei und Shakira schmetterte ihren WM-Song ›Waka Waka‹ durch den Äther. Laut sangen Peter und Patrick mit.

»Papa, ich glaube, es geht schon wieder los, meine Nase blutet. Hast du ein Tempo für mich?« Peter sah kurz nach hinten und klappte das Handschuhfach auf. In der äußersten Ecke fand er ein angebrochenes Paket und reichte es nach hinten. Eine Bodenwelle ließ das Auto aufschwingen, sodass die Tücher hinter den Beifahrersitz fielen. Spontan griff Peter danach. Den ausscherenden Lastwagen rechts vor ihm bemerkte er noch aus den Augenwinkeln und riss das Steuer nach links. Mit diesem Manöver hatte der überholende Kleintransporter nicht gerechnet, er katapultierte Peters Mercedes wieder zurück auf die mittlere Spur. Sein Schrei ging unter im Lärm des sich verbiegenden Metalls und zersplitternder Scheiben. In sein Unterbewusstsein fraß sich als letzte Wahrnehmung Patricks ungläubiger Blick und der aufgerissene Mund. Eine gnädige Ohnmacht entriss ihm dieses Bild.

»Ich schaff das nicht aus meiner Position, könnt ihr das Lenkrad hochstellen? Der Arm ist eingeklemmt und scheint gebrochen zu sein, müssen wir wohl provisorisch schienen. Habt ihr den Jungen schon im Helikopter?«

Wie durch einen wabernden Nebel vernahm Peter Wortfetzen der Unterhaltung. Er versuchte, die Augen zu öffnen und seine Gedanken zu ordnen. Jeder Atemzug schmerzte höllisch. Er spürte, wie Hände an ihm zogen, ihn bewegen wollten. Schemenhaft nahm er die um ihn herumhängenden Säcke der Airbags wahr. Irgendjemand versuchte, sie zur Seite zu drücken.

»Hallo ... können Sie mich verstehen? Wir haben Sie gleich hier raus, bleiben Sie ganz ruhig, alles wird gut.«

»Patrick ... Patrick ... wo?«

Er hauchte die Worte so leise, sodass einer der Helfer sein Ohr dichter an Peters Mund hielt.

»Was haben Sie gesagt? Bitte wiederholen Sie.«

»Wo ist Patrick ... ist er gesund?«

Die gekrächzten Worte hatte der Sanitäter jetzt verstanden und sah hilfesuchend zum Notarzt.

»Mein Name ist Doktor Hoffmann. Der Junge ist bereits auf dem Weg ins Essener Klinikum. Wir hatten für ihn einen Hubschrauber bestellt, damit er schnellstens versorgt wird. Der ist in guten Händen. Jetzt kümmern wir uns erst einmal um Sie. Bleiben Sie bitte ganz entspannt sitzen, damit wir Sie aus dem Sitz befreien können. Sie werden dann ebenfalls in das gleiche Krankenhaus gebracht.«

Gespräch unter Freunden

»Peter, kann ich dich kurz sprechen? In meinem Büro.«

Peter Sobier war auf dem Weg zum Archiv und sah seinen Freund und Partner erstaunt an. Eigentlich bereitete er sich auf den Fall Demontex vor, der am nächsten Tag vor dem Essener Landgericht verhandelt werden sollte, aber es schien Klaus Meinert wichtig zu sein. Sie hatten ein sehr freundschaftliches Verhältnis und Peter war Klaus zu Dank verpflichtet, da er ihm vor vier Jahren eine Partnerschaft in seiner Kanzlei angeboten hatte. Klaus hatte das Glück, dass er die väterliche, sehr gut eingeführte Kanzlei übernehmen konnte. Da sie schon seit dem gemeinsamen Studium befreundet waren, bot er Peter die Beteiligung an.

»Kaffee oder Wasser?«

Klaus zeigte auf einen Sessel, der Teil einer gemütlichen Sitzecke in seinem Büro war.

»Nein danke, habe gerade erst meinen Tee ausgetrunken. Was gibt es zu besprechen? Bin ein wenig im Druck, da ich die Sache Demontex noch auf dem Tisch liegen habe.«

»Ja, ich weiß, Peter. Aber das hier erscheint mir wichtiger. Ich will auch gar nicht lange herumreden und gleich auf den Punkt kommen. Du weißt, die Geschichte mit Patrick setzt auch mir zu, schließlich bin ich sein Patenonkel. Wir haben auch schon des Öfteren deine Trennung von Vera diskutiert. Darüber will ich auch heute kein Wort verlieren. Es bereitet mir allerdings Unbehagen, wie du deine Probleme angehst.«

Peter versteifte sich im Sessel und wollte etwas erwidern. Klaus hob die Hand und fuhr fort.

»Nein Peter ... lass mich erklären. Wir sind jetzt seit der Studienzeit befreundet und ich glaube, dass ich mir das Recht herausnehmen sollte, dir ins Hirn zu springen, wenn du aus dem Ruder läufst. Glaubst du wirklich, dass es niemand in der Kanzlei gemerkt hat? Wir sehen deine Schwierigkeiten und deinen Kampf, mit allem fertig zu werden, aber wir sehen auch, dass du dich mit deiner Sauferei langsam umbringst.«

»Wie kommst du darauf, dass ich trinke? Ich mache meinen Job wie alle anderen auch, es kann sich keiner beklagen ... du doch erst recht nicht. Ich habe meine Fälle alle gewonnen. Was kümmert es andere, was ich in meiner Freizeit tue?«

Peter hatte seinen ersten Schock überwunden und ging in die Offensive.

»Mach jetzt mal halblang, Peter. Keiner will dir etwas Böses, ganz im Gegenteil, die Mannschaft möchte dir helfen ... alle stehen hinter dir. Du sagst, du trinkst nicht? Dann erkläre mir, warum deine Wasserflasche in der Schrankwand nach Gin riecht. Verdammt, komm wieder zu dir, so geht das nicht weiter. Lass dir helfen, geh bitte in eine Therapie.«

Klaus hatte sich hinter Peter gestellt und beide Hände auf seine Schultern gelegt.

»Ich möchte noch viele Jahre mit dir zusammenarbeiten. Das geht aber nur, wenn du so schnell wie möglich auf die Bremse trittst. Ich habe mit einem Bekannten gesprochen, der leitet eine Gruppe bei den anonymen Alkoholikern, er würde dich kurzfristig aufnehmen, auch in Einzeltherapie.«

Peter sprang aus seinem Sessel und schnellte herum.

»Willst du mir damit sagen, dass ich für die Firma nicht mehr tragbar bin, dass ich ausgesondert werden muss? Ist es so? Beweist du mir so deine Freundschaft?«

Fassungslos, nach Worten ringend, stand ihm Klaus gegenüber. Er hatte ein schwieriges Gespräch erwartet, aber etwas mehr Einsicht. Manfred Kross hatte ihn zwar auf ähnliche Reaktionen vorbereitet ... doch Peter war schließlich sein Freund. Er sollte einsichtiger sein.

»Deine Aufregung verstehe ich zwar nicht ganz und nehme deine Unterstellungen nicht krumm, doch wir sind erwachsene Männer und sollten offen miteinander reden können. Ich habe dir gesagt, was gesagt werden musste. So kann und darf es nicht weitergehen. Du bist es dir, Vera und vor allem Patrick schuldig, dass du dich änderst. Von mir als deinem Partner will ich gar nicht reden. Schlafe eine

Nacht drüber und gib mir morgen Bescheid, ob du diese Therapie mitmachen willst.«

Klaus legte den Arm um Peter und fuhr fort: »Dass Alkohol nicht die Lösung deiner Probleme sein kann, hat dir doch schon die Trennung von Vera gezeigt. Glaubst du, ich weiß nicht, wie sehr du sie noch liebst, wie du sie tagtäglich vermisst? Du hast nur die eine Chance, sie vielleicht wieder zurückzugewinnen - hör auf mit der Sauferei!«

»Sie hat bestimmt schon einen anderen Kerl. Das ist vorbei. Sie hat mir klar gesagt, dass sie mich nie wiedersehen will.«

Peter drückte die Stirn gegen die Fensterscheibe und sah mit feuchten Augen über die Häuserreihen.

»Nein, das hat sie nicht. Eigentlich sollte ich es dir ja nicht verraten, aber Tina hat sie vor wenigen Tagen im Café getroffen. Sie leidet genau wie du. Aber sie wird niemals wieder deine Alkoholexzesse erdulden. Das hat sie Tina klargemacht. Ihr zwei gehört zusammen, ihr müsst gemeinsam kämpfen ... für Patrick. Er braucht seine Eltern. Versprichst du mir, dass du über mein Angebot nachdenkst? Auch ich will dich nicht verlieren.«

Das Zimmer bestand aus einem Schreibtisch, der vollständig mit Zeitschriften und Broschüren bedeckt war, mehreren altmodischen Sesseln und einer unübersehbaren Menge an Büchern, die in den Regalen rundum einsortiert waren. Eine Qual für

Peters Augen, der mehr ein Anhänger des Modernen war. Für ihn waren Bücher nur Deko, er blätterte lediglich in Fachliteratur für Juristen. Manfred Kross bot ihm einen der Sessel an und setzte sich ihm gegenüber. Er wischte sich mit einer geübten Handbewegung das schulterlange Haar aus dem Gesicht, sodass Peter das freundliche Lächeln erkennen konnte. Auf den ersten Blick strahlte dieses Gesicht Sympathie aus, was Peter etwas von seiner Beklemmung nahm.

»Entschuldigen Sie meine Unordnung, aber ich bin in dieser Beziehung ein absoluter Chaot. Und ehrlich gesagt ... irgendwie mag ich es so lieber. Ob Sie es glauben oder nicht, ich weiß genau, wo ich suchen muss, wenn ich etwas finden will.«

Peter gefiel die offene Art dieses Mannes.

»Klaus, ich meine Ihr Partner, hat mir davon erzählt, dass Sie ein Problem haben, das Sie mit einem anderen kaschieren möchten. Also besser gesagt, Sie glauben, dass Sie dieses Problem ertränken können. Ich sage Ihnen direkt zu Anfang, ich habe auch einmal geglaubt, das es nur so geht. Da habe ich mich gewaltig getäuscht. Darf ich einen Vorschlag machen? Wir beide, so denke ich, werden sehr persönliche Dinge austauschen. Daher schlage ich vor, wenn Sie damit einverstanden sind, dass wir das Sie weglassen. Ist das für Sie in Ordnung?«

Peter nickte stumm und versuchte, sich ein Bild von seinem Gegenüber zu machen. Manfred Kross war ein besonderer Typ, ja wirklich ein Mensch, der Stärke und gleichzeitig etwas Vertrautes ausströmte. Die Augen zeigten Offenheit, nicht die Spur von Überheblichkeit.

»Ich bin mir nicht sicher, ob Klaus das erwähnt hat ... ich bin kein Seelenklempner. Ich habe lediglich mein Diplom in Sozialpädagogik. Du siehst hier keine Couch, nur einen einsamen Sessel und einen unrasierten Typ, der dir zuhören möchte.«

Hier machte Manfred eine Pause und stellte zwei Gläser auf den Tisch, die er mit Wasser füllte.

»Bisher weiß ich, dass du vor Monaten einen Autounfall hattest und dass seitdem dein Sohn im Koma liegt. Erzähl mir davon, damit ich mir eine Vorstellung davon machen kann.«

Augenblicklich tauchten vor Peters Augen die Bilder auf, die er vergessen wollte. Er ließ sich Zeit, bevor er zögernd den Unfall schilderte.

»Das muss schrecklich für dich gewesen sein. Was passierte denn, als du eingeliefert wurdest?«

Manfred spürte den inneren Kampf, den Peter führte. Die Augen hatte der leidgeprüfte Mann geschlossen, als er fortfuhr.

»Meine Verletzungen waren unbedeutend. Einige Prellungen im Beckenbereich, ein gebrochener Arm und Schürfwunden. Das war schnell versorgt. Die Ärzte ließen mich anfangs über den Zustand von Patrick im Unklaren. Die Polizei informierte mich lediglich darüber, dass er wohl Verletzungen am Kopf davongetragen hatte, überließen jedoch den Ärzten die genaue Beschreibung. Mich haben diese Ausflüchte fast zum Wahnsinn getrieben.«

Peter nahm einen Schluck aus dem Glas.

»Am Nachmittag kam Vera ... das ist meine Frau. Sie hatte beim Shoppen mit ihrer Mutter ihr Smartphone zuhause gelassen, man hatte sie erst am frühen Nachmittag erreichen können. Erst durch sie erfuhr ich, dass Patrick durch den Unfall ein Schädel-Hirn-Trauma erlitten hatte und ins Koma gefallen war.«

Peter schlug die Hände vor das Gesicht und schluchzte. Manfred wartete einen Moment und fragte:

»Sollen wir hier abbrechen oder möchtest du weitermachen? Ich verstehe, wenn du eine Pause brauchst. Nur, es muss endlich raus, du musst darüber reden. Es frisst dich sonst langsam von innen auf.«

Peter wischte mit den Handflächen über das Gesicht und Manfred sah in traurige, gerötete Augen.

»Ist schon gut, wir machen weiter. Also, Vera war natürlich auch fassungslos, sie musste das Geschehene erst verarbeiten. Sie durfte auch noch nicht zu Patrick und konnte mir nur erste, vage Diagnosen weitergeben. Man sagte ihr, dass zuerst lebenswichtige Untersuchungen am Schädel durchgeführt werden mussten, um die weiteren Maßnahmen einleiten zu können. Mir hatte man mittlerweile den gebrochenen Arm und das geprellte

Becken versorgt. Alles Verletzungen, die schnell wieder ausheilen würden ... aber unsere Sorgen galten dem Jungen.«

Aufmerksam folgte Manfred der Beschreibung des Krankheitsbildes, so wie es den Eltern später durch den behandelnden Arzt dargestellt wurde.

»Peter, ich könnte dir jetzt sagen, dass alles wieder gut werden wird und Patrick wieder ein gesunder Junge wird. Ich bin kein Mediziner und werde diesbezüglich keinerlei Versprechungen wagen. Das wäre verlogen und falsch. Mich interessiert viel mehr, wie ihr beide damit umgegangen seid. Entschuldige, wenn ich das so offen frage, aber hat dir Vera Vorhaltungen gemacht? Ich meine damit, hat sie dir die Schuld an dem Zustand gegeben, in dem sich euer Kind befand?«

Entsetzt blickte Peter auf.

»Um Gottes willen, nein. Mit keinem Wort hat sie mich beschuldigt. Das musste sie auch nicht. Ich selbst habe mir die Schuld daran gegeben, ich habe meinen Sohn auf dem Gewissen. Hätte ich mich nicht ablenken lassen, wäre das nicht passiert.«

Peter sprang auf und lief zum Fenster. Seinen Kopf hatte er zwischen die Hände genommen und er ließ seinen Tränen freien Lauf. Plötzlich drehte er sich um.

»Hast du irgendwas zu trinken für mich?«

Manfred reichte ihm das Wasserglas an. Peter schlug es zur Seite und schrie: »Nein, verdammt, etwas Richtiges. Ich brauche es jetzt.«

Völlig unbeeindruckt von der Reaktion blieb Manfred vor ihm stehen.

»Das wirst du bei mir nicht finden. Glaubst du wirklich, dass du deine Probleme damit löst? Das hat es doch bis jetzt auch nicht geschafft. Denke einmal daran, wie oft du nach einer Sauftour morgens aufgewacht bist und neben einem schweren Schädel etwas Entscheidendes vorgefunden hast ... dein altes Problem. Es war nicht mit den Mengen an Alkohol weggespült worden, hat sich nicht in Luft aufgelöst. Nein, es hat dich sofort wieder am Hals gefasst und dich durchgeschüttelt. Es hat dich angeschrien: Ich bin wieder da, mein Freund!

Ich kenne das zur Genüge, ich war selber davon abhängig. Die Geißel Alkohol hatte auch mich gepackt und hat mich ausgelacht, wenn es mir nach einer durchzechten Nacht wirklich Scheiße ging.«

Während er sprach, bückte er sich und suchte die Glasscherben zusammen. Über ihm stand ein weinender Mann, der die Hände zu Fäusten geballt hatte. Sein Körper bebte, da ihn die spontane Erregung mitgerissen hatte. Manfred legte die Scherben behutsam auf die Fensterbank und führte Peter zurück zum Sessel. Dessen Blick war in die Ferne gerichtet, er befand sich in einer Welt, die keinen Zutritt durch andere erlaubte. Manfred versuchte es trotzdem und erzählte weiter.

»Am Anfang war ich zweimal pro Woche richtig dicht, dann wurde es zur täglichen Gewohnheit. Immer mehr, immer öfter. Dann hat mich ein Freund in den Hintern getreten und mich einen Feigling, einen Versager genannt, der sich seiner Verantwortung nicht stellen würde. Ich hatte meine Frau mittlerweile verloren, meine Tochter wollte mich nicht mehr kennen, ich war in der Hölle. Den Teufel hörte ich lachen, wenn ich nur noch lallen konnte. Ja, er hat mich ausgelacht. Der Satan selbst hat in mir ein Feuer entfacht. Ich wollte meine Frau und mein Kind zurück, um jeden Preis. Und dann, mein lieber Freund, bin ich den Weg durch die Hölle angetreten, habe den Schnaps ins Klo geschüttet und wie ein Tier gelitten. Aber es hat sich gelohnt. Wir treffen uns wieder häufiger, und ich darf wieder meine Tochter in den Arm nehmen. Das Martyrium hat sich ausgezahlt.«

Manfred hatte erst das Gefühl, dass er sein Gegenüber nicht erreicht hätte, als er die leise gesprochenen Worte vernahm.

»Vera will mich nicht sehen. Sie hasst mich.«

Irritiert sah Manfred auf.

»Moment, ich verstehe nicht ganz. Du hast mir doch vor wenigen Augenblicken erzählt, dass Vera dir keine Schuld gegeben hat. Warum plötzlich diese Wandlung?«

Peter legte den Kopf zurück und starrte an die Decke.

»Mich ließ dieser Unfall einfach nicht los. Jede Nacht, manchmal sogar tagsüber sah ich die schrecklichen Bilder wieder vor mir. Ich sah meinen Jungen blutend auf dem Rücksitz, sah die Fassungslosigkeit auf seinem Gesicht. Immer wieder hörte ich das Kreischen von Metall, als sich mein Wagen in den LKW bohrte. Die Szene wiederholte sich immer wieder.«

Die Worte hatte er ruhig, in einem monotonen Tonfall in den Raum gesprochen. Manfred hatte den Eindruck, als sähe Peter gerade in diesem Augenblick wieder das Geschehene.

»Hat Vera dir nicht geholfen, dir in diesen Augenblicken beigestanden?«

Peter reagierte erst nach einigen Augenblicken des Schweigens.

»Vera hat mich immer in den Arm genommen, mich getröstet, wenn es mich nachts überfiel. Sie war großartig. Sie hat mir geraten, Hilfe zu suchen bei einem Fachmann. Das war es nicht.«

Als Peter nicht fortfuhr, hakte Manfred nach.

»Aber warum glaubst du, dass sie dich trotzdem hasst?«

Wieder dauerte es eine Weile, bis Peter fortfuhr.

»Es war lange nach dem Unfall, als es begann. Um ihr schlaflose Nächte zu ersparen, habe ich eines Tages mein Bett ins Gästezimmer verlegt. Dort konnte ich ungestört meinen Gedanken nachhängen und ... nun ja, ab und zu einen kleinen Drink zu mir nehmen. Das half mir, besser einzuschlafen. Es dauerte nicht lange, bis ich allmählich ein Quantum erreichte, das meine Gedanken völlig ausschaltete.«

»Ich denke, dass Vera das irgendwann bemerkte und dich darauf ansprach?«

»Ja, sie tat das anfangs sehr vorsichtig und ich versuchte, die Mengen wieder zu reduzieren. Doch es war schon zu spät, ich konnte ohne Alkohol den Schmerz nicht ertragen.«

Manfred sah Peter an, dass es ihm schwerfiel, darüber zu reden. Der sprang auch urplötzlich auf und reichte ihm die Hand.

»Können wir ein anderes Mal weitermachen? Ich muss mich noch auf einen Fall vorbereiten, der morgen verhandelt wird. Ich danke dir fürs Zuhören. Wir sollten telefonieren, um einen weiteren Termin abzustimmen.«

Erste Diagnose

Peter Sobiers Krankenzimmer strahlte nicht die übliche Kälte aus, die normalerweise in den Räumen der Kliniken vorzufinden war. Er war in angenehmerer Atmosphäre als Privatpatient in einem Einzelzimmer untergebracht. Ausgesuchtes Essen, Bad und Toilette im Zimmer, TV und Radio. Er war davon überzeugt, dass auch Wünsche durch das Personal schneller erfüllt wurden. Komfort sollte hier den Gesundungsprozess beschleunigen und einen Gegenwert schaffen für die horrenden Tagessätze. Für die Annehmlichkeiten hatte Peter jedoch augenblicklich keinen Sinn, ihn bedrückte die Ungewissheit zum Zustand Patricks. Heute hatte ihm der Chefarzt Doktor Wulfert vorläufige Diagnosen in Aussicht gestellt.

»Hat es Ihnen geschmeckt, Herr Sobier, möchten Sie jetzt einen Kaffee oder etwas anderes an Getränken?«

Jörg Michel, der heute Mittagschicht hatte, steckte den Kopf vorsichtig durch den Türspalt.

»Alles bestens, Sie können abräumen, ein Kaffee wäre nicht schlecht. Ist irgendwo ein Arzt auf der Station zu sehen? Seit der Visite warte ich auf Informationen über Patrick.«

Zu Jörg hatte Peter ein besonderes Vertrauensverhältnis bekommen, da er ehrliche Fürsorge und menschliche Wärme zeigte. Am ersten

Tag amüsierte ihn noch der tänzelnde Schritt, die leicht femininen Bewegungsabläufe. Er war sich sicher, dass Jörg dem männlichen Geschlecht besonders zugetan war, was ihn aber nicht im Geringsten störte. Die Herzenswärme war ausschlaggebend dafür, dass sie sich auf Anhieb gut verstanden. Obwohl Peter ein hundertprozentiger Hetero war, besaß er eine ausgeprägte Toleranz gegenüber den Menschen, die andere Neigungen besaßen.

Verschwörerisch neigte Jörg den Kopf zu ihm herunter und flüsterte: »Ich glaube, ich habe vorhin ... ganz durch Zufall ... gehört, dass Doktor Hallig zu Ihnen wollte. Das hat er mit Petra besprochen. Hier muss man ja Stationsschwester sein, damit man vom Oberarzt in dessen Pläne eingeweiht wird.«

Ergänzend fügte er an: »Kaffee kommt gleich.« Mit elegantem Hüftschwung und zurückgeworfenem Kopf entfernte er sich. Peter überraschte es immer wieder neu, wie sensibel Jörg auf normale Abläufe auf der Station reagierte. Er fühlte sich permanent unverstanden und gelegentlich vom Tratsch ausgegrenzt.

»Lassen Sie nur, Jörg, ich nehme den Kaffee für meinen Mann mit, danke.«

Vera nahm ihm mit einem Lächeln das Tablet ab und schob sich ins Zimmer. Nachdem sie alles abgestellt hatte, begrüßte sie Peter mit einem flüchtigen Kuss. Sorgenvoll stellte er fest, dass kleine

Falten und bläuliche Augenringe das attraktive Gesicht verändert hatten. Die Lockerheit war ihnen beiden in den letzten Tagen völlig abhandengekommen.

»Du kommst gerade richtig, ich glaube, Patricks Oberarzt will gleich vorbeikommen. Hast du schon etwas Neues erfahren können?«

Während er sprach, hatte er Veras Hand ergriffen und streichelte sie, da er die Kälte darin spürte.

»Sie sind drüben alle sehr nett, jedoch man vertröstet mich damit, dass die Untersuchungen noch nicht beendet sind. Aber gesehen habe ich den Kleinen schon. Zumindest das, was hinter den Schläuchen und Kabeln zu erkennen war. Das ist so schrecklich, Peter, ich weiß nicht, wie ich damit umgehen soll. Ich will mein Kind zurück, ich will den Jungen gesund wieder in den Arm nehmen.«

Peter zog sie vorsichtig näher und versuchte ihren Kopf an seinen zu legen. Dabei glaubte er einen Augenblick, eine gewisse Gegenwehr gespürt zu haben. Ihre Tränen tropften auf sein Gesicht, er erkannte all das Leid in ihren Augen. Mit einem kurzen Aufschrei drückte sie die Wange an sein Gesicht und weinte hemmungslos. Die Zimmertür hatte sich währenddessen geöffnet, das leise Klopfen hatten beide überhört.

»Oh, entschuldigen Sie bitte, ich komme gerne später wieder vorbei. Wusste nicht, dass Sie Besuch haben.«

Der großgewachsene Mann im weißen Kittel blieb in der offenen Tür stehen und drehte sich ab.

»Nein, nein, bitte kommen Sie herein, sie stören nicht. Eigentlich warten wir ja auf Sie. Sie sind bestimmt Doktor Hallig, kommen Sie nur rein. Meine Frau ist auch gerade da, das passt hervorragend.«

»Mein Name ist Stefan Hallig, der Oberarzt in der neurologischen Abteilung. Ich habe mit meinem Kollegen von dieser Abteilung gesprochen. Er teilte mir mit, dass Sie auf einem guten Weg sind und keine Komplikationen zu befürchten sind. Das ist sicher eine gute Nachricht für Sie, Frau Sobier.«

Er wandte sich bei dem letzten Satz an Vera, die sich die letzten Tränen von der Wange tupfte.

»Mir wäre allerdings wohler«, fuhr er fort, »wenn ich Ihnen bei Patrick ebenfalls Entwarnung geben könnte. Gerne würde ich Ihnen sagen, dass er auf dem Weg der Besserung und über den berühmten Berg ist. Wir sind immer noch in der Untersuchungsphase, die diverse Tests beinhalten. Wir haben bisher geprüft, ob Blutungen und offene oder stumpfe Knochenverletzungen aufgetreten sind. Einen Bruch können wir definitiv ausschließen, bei dem Computer-Tomogramm haben wir allerdings ein subdurales Hämatom, also eine venöse Blutung feststellen müssen. Wir mussten eine spontane Druckentlastung in der Schädeldecke vornehmen. Das hört sich dramatisch an, ist aber unbedingt notwendig, damit der Innendruck im Hirn abgebaut werden kann.«

Peter unterbrach den Arzt an dieser Stelle.

»Doktor Hallig. Wir zwei sind Ihnen sehr dankbar dafür, dass Sie sich die Zeit nehmen, uns über den Zustand von Patrick aufzuklären. Verstehen Sie uns bitte nicht falsch, aber wir sind derzeit in einer Situation, die das Begriffsvermögen etwas einschränkt. Daher die Bitte, uns das Krankheitsbild so simpel wie eben möglich zu schildern, also die medizinischen Fachbegriffe auf ein Minimum zu reduzieren.«

»Entschuldigen Sie bitte, wenn ich mich unverständlich ausgedrückt habe, aber das geht uns Medizinern einfach in Fleisch und Blut über. Wir benutzen diese Begriffe eben vorwiegend im Kollegenkreis und laufen dabei Gefahr, dieses Fachchinesisch auch bei den Patienten zu verwenden. Es tut mir leid.«

Eine leichte Verlegenheitsröte überzog sein Gesicht, Vera legte beschwichtigend die Hand auf seinen Arm.

»Bisher kein Problem, Herr Hallig. Bis jetzt haben wir alles verstanden, mein Mann wollte nur vorbauen, falls es noch spezieller wird. Machen Sie bitte weiter. Gibt es Prognosen, wann er wieder gesund sein wird?«

Stefan Hallig hatte sich wieder gefasst und blickte auf Veras Hand, die noch immer auf seinem Arm ruhte. Irritiert zog sie diese zurück, als sie sich dessen bewusst wurde.

»Prognosen im derzeitigen Stadium abzugeben, würden in Lügen enden. Kein Arzt der Welt kann Ihnen schon jetzt eine Einschätzung über den Genesungszeitraum geben. Sie müssen wissen, dass ein diagnostiziertes Schädel-Hirn-Trauma zu den häufigsten, aber auch gefährlichsten Unfallfolgen zählt. Ich kann Ihnen das leider nicht ersparen, aber wir sprechen hier nicht über eine leichte Gehirnerschütterung, die nach wenigen Tagen oder Wochen überstanden ist. Bei Ihrem Sohn sprechen wir leider von einem schweren Trauma der Klasse drei. Ich muss Sie darauf vorbereiten, dass Ihr Sohn, wenn er aus dem Koma erwachen sollte, bleibende Schäden behalten könnte. So es uns derzeit möglich ist, testen wir Reflexe, was aber erst vollständig bewertet werden kann, wenn er diese bewusst steuern kann.«

Wortlos waren beide den unglaublichen Ausführungen gefolgt, sie mussten diese Tatsachen verarbeiten. Stefan Hallig kannte diese Reaktionen zur Genüge und ließ den Eltern Zeit, das Unfassbare zu begreifen. Veras ungläubiger Blick hatte sich an den Lippen des Arztes festgesaugt. Ihr Mund versuchte vergeblich Worte, Sätze zu formulieren, ihr Gestammel unterbrach Peter mit einer Frage.

»Wie lange wird Patrick im ... Koma bleiben? Können wir danach wieder mit ihm sprechen?«

Hallig fiel auf, dass Peter Sobier versuchte, das Wort ›Koma‹ zu vermeiden. Es schien ihm Probleme zu bereiten, diesen Zustand auszudrücken.

»Auch hier werde ich Ihnen klare Auskunft schuldig bleiben müssen. Sie werden mich dafür hassen, aber es ist im schlimmsten Fall möglich, dass es Jahre dauern könnte. Es ist vorgekommen, dass Patienten nie mehr das Bewusstsein zurückerlangten. Es tut mir leid, wenn ich Ihnen da nichts Anderes sagen kann. Gehen wir jedoch einmal davon aus, dass der Körper Ihres Jungen diese Koma-Phase zur Regenerierung nutzt. Danach könnten wir mit ihm gemeinsam das Krankheitsbild klarer definieren und an einer Therapie arbeiten. Solange werden wir mithilfe der angeschlossenen Geräte gewisse Funktionen, die sonst das Hirn selbstständig steuert, unterstützen. Aber es heißt trotzdem, dass wir warten müssen.«

Hallig ließ die Worte wirken und sah abwechselnd Vera und Peter Sobier an.

»Haben Sie dazu noch weitere Fragen. Ansonsten werde ich mich wieder den Patienten widmen müssen. Sobald es Neues bei Ihrem Sohn zu berichten gibt, werde ich mich sofort bei Ihnen melden, das verspreche ich Ihnen.«

Hallig erhob sich und wendete sich an Vera: »Werden Sie zuhause gut versorgt? Ich meine damit, haben Sie sich ärztlichen Rat eingeholt? Sie sehen sehr mitgenommen aus, wenn ich das bemerken darf.«

»Ach, Herr Doktor, das wird schon. Ich kann in den nächsten Tagen einen Termin bei unserem Hausarzt machen. Jetzt ist wichtig, dass die beiden

Männer wieder auf die Beine kommen. Dann bin ich meine schlimmsten Sorgen los.«

Sie lächelte die Bedenken des Arztes weg.

»Da befinden Sie sich in einem Irrtum, gnädige Frau. Sie müssen jetzt darauf achten, dass Sie Ihre Stärke nicht verlieren, Sie dürfen Ihre Gesundheit nicht auch noch aufs Spiel setzen. Ich möchte Ihnen anbieten, dass ich einen kurzen Blick auf Sie werfe. Eventuell gebe ich Ihnen Beruhigungsmittel mit. Sie können dann sofort wieder zurück zu Ihrem Mann. Kommen Sie, es dauert nur einen Moment.«

Hallig blickte zu Peter rüber.

»Ist Ihnen das recht, Herr Sobier? Kostet nichts extra, keine Sorge.«

Peter nickte und quälte sich ein Lächeln ab, während er Veras Hand losließ.

Veras Ultraschall und Blutdruckmessung blieben unauffällig, sodass Hallig sich auf Fragen zum psychischen Befinden konzentrierte. Die Untersuchung zog sich insgesamt über eine Stunde hin, bis er sich ihr gegenüber auf einen Stuhl setzte.

»Rein organisch kann ich bei Ihnen augenblicklich nichts finden, was uns Sorgen bereiten könnte. Auffällig, aber verständlich ist lediglich, dass Sie sich sehr schlecht konzentrieren können. Um es einmal ganz einfach auszudrücken: Ihre Nerven flattern und beeinflussen derzeit erheblich Ihr Reaktionsvermögen. Eigentlich dürften Sie im

Augenblick kein Fahrzeug führen. Ihre Sorgen sind immens und schwirren daher permanent durch den Kopf. Das tun die Gedanken normalerweise immer und ist auch nicht schlimm, aber im Normalfall beeinflussen sie nur unerheblich unsere Handlungen. Sie bewegen sich im Augenblick in einer anderen Welt, Sie grübeln ständig und werden dadurch viel zu stark abgelenkt. Ihr Einverständnis vorausgesetzt, möchte ich Ihnen ein Beruhigungsmittel mitgeben, das Sie bitte in den nächsten Tagen einnehmen. Ich schreibe Ihnen die Dosierung auf die Packung. Bitte kommen Sie in den nächsten Tagen noch einmal vorbei, damit ich nach Ihnen sehen kann. Versprochen?«

Hallig suchte im Medikamentenschrank nach der Packung und schrieb etwas darauf.

»Sollte etwas Unvorhersehbares geschehen, können Sie mich jederzeit anrufen, Frau Sobier. Die Telefonnummer habe ich auf die Schachtel geschrieben ... nur für den Notfall. Und noch eines, bitte versuchen Sie, in der nächsten Zeit ohne Auto auszukommen.«

»Ich danke Ihnen für Ihre Mühen, aber ich denke, dass es mit den Tabletten schon gehen wird. Bitte kümmern Sie sich mit Ihrer ganzen Kraft um Patrick, denn der Junge ist unser ein und alles. Ich bin im Augenblick völlig unwichtig.«

Besorgt blickte Peter ihr entgegen, als Vera wieder das Zimmer betrat.

»Was hat er gesagt? Hat er etwas gefunden?«

»Alles ist gut, bin nur etwas durcheinander. Ist ja auch kein Wunder. Er hat mir Beruhigungspillen mitgegeben, die ich in den nächsten Tagen einnehmen soll. Ich bin erstaunt, wie besorgt er um uns alle ist ... da können sich andere Ärzte ein gutes Beispiel dran nehmen. Ich wäre gerne noch zu Patrick gegangen, aber die machen noch einige Untersuchungen und versorgen ihn. Werde ihn dann morgen wieder besuchen. Du musst ihn unbedingt von mir grüßen, falls du ihn heute noch einmal besuchen gehst. Sag ihm, dass ich ihn ganz doll lieb habe.«

Zweifel am Glauben

Wie verloren lag Patricks kleine Hand in der seines Vaters. Das Leben schien diese verlassen zu haben, kein Zucken, keine Reaktion auf Peters Streicheln. Während er das Gesicht seines Sohnes betrachtete, zogen die Bilder des schrecklichen Unfalls zum wiederholten Mal an ihm vorüber. So oft in den letzten Wochen hatte er sich sehnlichst gewünscht, dass er an Patricks Stelle dort liegen würde. Seine Unachtsamkeit hatte dieses junge Leben vielleicht auf ewig zerstört.

»Bitte, bitte, oh Herr, lass ihn mir. Gib mir meinen kleinen Jungen zurück ... ich will, ich kann ohne ihn nicht leben.«

Leise murmelte er diese Worte und drückte die kalten Finger seines Kindes gegen seine heiße Stirn. Seitdem er das Bett verlassen konnte, besuchte er Patrick mehrmals täglich.

»Warum hast du ihn ausgesucht, ein Kind, das noch voller Unschuld ist? Gab es nicht genug Sünder auf dieser Welt, die du hättest bestrafen können? Musste es ausgerechnet mein Sohn sein? Hat es dir nicht gereicht, dass man deinen eigenen Sohn ans Kreuz schlug? Willst du mir auch meinen nehmen? Sein Tod wird die Welt nicht retten.«

Seine Tränen erreichten den Arm Patricks und tropften weiter auf das Laken. Seine Schultern zuckten, während er fortfuhr.

»Hättest du irgendeinen verfluchten Mörder bestraft, dann wäre es für mich gerecht gewesen, aber dieses Kind? ... Warum dieses Kind? Ist das deine Auslegung von Gerechtigkeit, indem du willkürlich einen Unschuldigen aussuchst? Nein, da ziehe ich nicht mit. Ich war ein gläubiger Mensch, der an deine Gnade und Fürsorge geglaubt hat. Ich kann das nicht begreifen, wieso sollte ich dir noch vertrauen. Wenn es dich wirklich gibt, dann verschone dieses Kind. Du hättest mich nehmen sollen, ich trage doch die gesamte Schuld.«

Die letzten Worte, die er lauter gesprochen hatte, schallten durch das Zimmer und übertönten sogar die Geräusche der Maschinen, die Patrick das Atmen, das Weiterleben ermöglichten. Peter hatte nicht bemerkt, dass sich hinter ihm die Tür geöffnet hatte und zwei Personen eingetreten waren. Beide sahen sich erstaunt an, da sie die letzten Worte nur teilweise mitbekommen hatten und den Zusammenhang nicht kannten. Stefan Hallig gab der Schwester, die ihn begleitet hatte, ein Zeichen. Sie verließ wortlos den Raum. Er berührte Peter Sobier vorsichtig an der Schulter und sprach ihn mit ruhiger Stimme an.

»Herr Sobier, hören Sie mich? Entschuldigen Sie, wenn ich Sie störe, aber wir müssen Ihren Sohn jetzt unbedingt versorgen. Sie sind nun schon fast drei Stunden bei ihm, er wird sicher sehr dankbar dafür sein. Aber es stehen noch zwei Tests an. Außerdem steht der Physiotherapeut in wenigen Minuten vor der

Tür. Der muss täglich zweimal Ihren Kleinen trainieren, sonst bleibt er nach dem Aufwachen völlig bewegungsunfähig.«

Peter schrak hoch und sah den Arzt mit geröteten Augen an, in denen pure Verzweiflung stand.

»Warum er, Doktor Hallig ... warum mein Sohn? Ich will ihn wiederhaben ... bitte gebt ihn mir zurück!«

Hallig bückte sich zu Peter Sobier und versuchte, seinen Blick zu erreichen. Das Weiß der Augen war rötlich verfärbt, die Pupillen an die Decke gerichtet.

»Das werden wir mit allen Mitteln versuchen, Herr Sobier. Aber ich sagte Ihnen und Ihrer Frau schon, das braucht seine Zeit und eines ist unbedingt wichtig: Sie müssen fest daran glauben. Damit meine ich lediglich, dass Sie an die Genesung glauben müssen. Ob Sie mit Ihrem Glauben an Gott hadern, kann ich nicht verhindern. Ich fühle mich verantwortlich für die Wiederherstellung der Gesundheit Ihres Sohnes. Ihr Seelenheil herzustellen, Herr Sobier, ist nicht mein Fachgebiet. Dafür gibt es ausgebildete Menschen. Aber Sie dürfen Patrick niemals aufgeben. Verlieren Sie nie den Glauben an ihn. Ob unsere ärztliche Kunst ausreicht, um ihn komplett wiederherzustellen, kann Ihnen niemand beantworten. Aber ich kann Ihnen eines hier und jetzt versprechen. Ich und mein Team werden Ihren Sohn nicht aufgeben, solange noch ein Funken Leben in ihm steckt. Kämpfen Sie mit uns.«

Hallig fasste den verzweifelt weinenden Vater fest an den Schultern und reichte ihm ein Papiertaschentuch.

»Jetzt wischen Sie sich die Tränen ab und lassen uns die Arbeit machen. Es gibt viel zu tun, die Schwestern warten schon. Wenn sich etwas ändert an der augenblicklichen Situation, werde ich Sie persönlich aufsuchen. Das verspreche ich Ihnen. Kommen Sie morgen wieder und reden Sie mit ihm. Wir glauben fest daran, dass Patrick Sie hören kann und dass ihm Ihre Nähe hilft. Kommen Sie, Herr Sobier.«

Quälend langsam erhob sich Peter und beugte sich über Patricks Gesicht. Die Tränen, die heruntertropften, wischte er mit dem Taschentuch ab, bevor er ihn auf die Stirn küsste.

»Bis Morgen, mein Kleiner, wir sehen uns morgen wieder ... verzeih mir bitte.«

Er verließ mit schweren Schritten und hängenden Schultern das Zimmer.

... Papa ... Papa, hörst du mich nicht? Warum hört mich niemand hier? Ich kann euch doch auch verstehen ... Was erzählst du von Gott und seiner Ungerechtigkeit? Was ist überhaupt geschehen und wo ist Mama? Wir wollten doch ins Aquarium ... Da war doch ... da war plötzlich dieser große Lastwagen und du hast laut geschrien.

Meine Augen ... warum kann ich die Augen nicht öffnen, ich kann nichts sehen? Diese Dunkelheit mit den doofen Schatten ... Papa, mach, dass diese Schatten verschwinden, sie machen mir Angst, es werden immer mehr. Bitte, ich will das nicht .... Bindet mich endlich los, damit ich mich wieder bewegen kann, dann gehen die Schatten bestimmt auch weg.

Was sind das für Schritte? Papa? ... Du darfst nicht weggehen, bleib hier, jage die Schatten weg. Die wollen mir wehtun, sie ziehen immer an mir. Das will ich nicht, ich möchte wieder nach Hause. Papa? ... Bist du noch da? ...

Der erste Streit

Die Sonnenstrahlen drangen durch die Schlitze der Jalousie und weckten Peter aus einem seiner sich ständig wiederholenden Träume. Küchengeräusche waren bis ins Schlafzimmer hörbar, was ihm zeigte, dass Vera bereits lange vor ihm aufgestanden war. Er hielt den Kopf unter den kalten Wasserstrahl, um einen klaren Kopf zu bekommen. Wie gewohnt lag sein Sportzeug für das Morgentraining bereit.

»Habe gar nicht mitbekommen, dass du aufgestanden bist. Guten Morgen Liebes.«

Peter umfasste Vera, während sie die Speisen aus dem Kühlschrank holte, um den Tisch zu decken. Er hauchte ihr einen Kuss auf den Hals.

»Das wundert mich gar nicht. Du bist ja erst um zwei Uhr ins Bett gekommen. Das hältst du nicht mehr lange durch, das wird dich fertigmachen.«

Vera drehte sich um und drückte ihm einen Kuss auf die Wange. Liebevoll sah sie ihn an und befreite sich vorsichtig aus seiner Umklammerung.

»Ich kann einfach nicht früher einschlafen, die Gedanken, du weißt doch ...«

»Die habe ich auch, Schatz, da kannst du unbesorgt sein. Ich muss auch immerzu an den Kleinen denken. Aber mir haben die Pillen von Doktor Hallig gut geholfen, die beruhigen wirklich, glaub es mir. Bestimmt sind sie besser als deine Medizin, die du ständig in dich hineinschüttest.

Alkohol ist mit Sicherheit keine Lösung, zumindest nicht auf Dauer.«

Vera spürte, wie sich Peter bei diesen Worten versteifte. Er drehte sich um und ging langsam zum Tisch, auf dem Vera das Frühstück vorbereitet hatte. In Gedanken versunken setzte er sich und stierte auf seinen Teller.

»Habe ich etwas Falsches gesagt? Warum bist du jetzt so anders, so verschlossen? Hast du selbst noch nicht gemerkt, dass du dich verändert hast? Du kannst dich nicht mehr konzentrieren, du bist empfindlicher geworden und ... du suchst Hilfe im Alkohol, anstatt dir professionelle Hilfe zu holen. Liege ich da so falsch, Schatz?«

Vera stellte die Kanne ab und setzte sich ihm abwartend gegenüber.

»Hallo, ich rede mit dir!«

Peter nahm völlig in Gedanken vertieft eine Brotscheibe und griff nach seinem Messer. Schnell legte Vera ihre Hand auf seine und drückte sie fest.

»Komm, gib mir eine Antwort. So kann es doch nicht weitergehen. Wir müssen endlich darüber reden, damit wir nicht an der Situation zerbrechen. Du kannst so auf keinen Fall weitermachen, weil der Alkohol deinen Sohn nicht wieder gesund macht. So hilfst du weder dir noch ihm.«

Vera sah, dass sich Peters Augen mit Wasser füllten. Sie setzte sich neben ihn und legte den Arm um seine Schultern. Sie drückte ihre Stirn gegen seine und spürte, wie er unter der Situation litt. Leise begann er zu reden.

»Ist es wirklich so schlimm, ich meine das mit dem Trinken? Ich kann das einfach nicht vergessen, ich erlebe diesen Unfall immer wieder neu. Der Traum wiederholt sich. Patrick sieht darin immer wieder anders aus, aber ich weiß, er ist es. Das Schreien ... ich höre ihn schreien ... immer wieder dieses unheimliche Schreien. An anderen Tagen sehe ich einen Jungen, der durch einen wabernden Nebel wandert, weg von mir ... und ich weiß, es ist Patrick. Er geht immer wieder weg, warum tut er das? Ich will ihn doch wieder bei mir haben, will ihn in die Arme nehmen. Verdammt, er soll zu uns zurückkommen.«

Jetzt füllten sich auch Veras Augen mit Tränen, sie küsste Peter auf die Lider. Er schlang wild seine Arme um sie und das Zittern seines Körpers übertrug sich. Lange hielten sie sich schweigend umschlungen, im Schmerz vereint. Das schrille Klingeln des Telefons ließ beide aufschrecken. Vera stürzte ins Wohnzimmer und suchte nach dem Mobilteil.

»Habe ich euch aus dem Bett geholt, oder warum dauerte das so lange? Gibt es etwas Neues von Patrick?«

Vera versuchte, ruhig zu bleiben, obwohl leichter Ärger in ihr aufstieg. Das war definitiv der falsche Augenblick für Vorhaltungen.

»Gott noch mal, Mama, es gibt nichts Neues. Und bitte ... lass das zukünftig mit diesen Bemerkungen, wir sind beim Frühstück und sprinten nicht gleich los, wenn das Telefon klingelt. Wir wollen übrigens heute Nachmittag zusammen ins Krankenhaus fahren, dann hat Peter keine Termine. Ich rufe dich dann an. Bitte entschuldige, wenn ich dich jetzt abwürgen muss, aber wir sind gerade in einem wichtigen Gespräch.«

»Aber Vera, es ...«

In Monika Reibers Ohren piepte das Besetztzeichen, ihre Tochter hatte das Gespräch unterbrochen. Peter hatte sich die Tränen abgewischt und sah Vera fragend entgegen.

»Ach, das war nur meine Mutter. Sie will immer wissen, wie es Patrick geht. Ich verstehe das ja, aber es nervt auch auf Dauer. Lass uns jetzt über uns reden. Wann willst du damit zu einem Arzt gehen?«

»Ich lege mich auf keine Couch, bin doch nicht verrückt. Die Quacksalber können sich ja selber noch nicht einmal helfen. Die quatschen mit dir wie mit einem Kind. Nein, da muss ich alleine durch, das schaffen wir auch ohne fremde Hilfe. Ich brauche nur etwas Zeit. Und wenn Patrick wieder zuhause ist, normalisiert sich das schon wieder.«

»Peter, komm zu dir. Hast du nicht richtig zugehört? Das kann Monate, ja Jahre dauern, bis der Junge wieder erwacht. Ob er jemals wieder gesund wird, steht in den Sternen. Doktor Hallig hat das nur etwas netter verpackt, aber wir müssen der Wahrheit ins Auge sehen. Vielleicht kommt er niemals wieder zurück, wach bitte auf, Peter.«

»Bist du wahnsinnig? Das darfst du nicht einmal denken, erst recht nicht aussprechen. Patrick schläft sich gesund, du wirst schon sehen. In ein paar Tagen wird er wieder mit uns reden. Dann kann ich ihm sagen, wie leid mir das alles tut. Er wird es verstehen.«

Fassungslos sah Vera ihren Mann an, dessen Gesichtsausdruck sich völlig verändert hatte. Entsetzen, ja Wut zeigte sich, die sie noch niemals in diesem so gütigen Gesicht gesehen hatte. Er stieß sie von sich und strich mit wilden Bewegungen Unmengen Butter auf seine Schnitte. Sie versuchte, seine Hand zu erreichen, ihn zu beruhigen ... er entzog ihr diese und schrie weiter:

»Ich werde das wieder gutmachen bei ihm. Das habe ich ihm schon versprochen, er hat es bestimmt gehört. Er hört mir immer zu, ich bin sein Vater und er liebt mich.«

Flehentlich war sein Blick nach oben gerichtet, als wolle er den Himmel beschwören.

»Verflucht, ich werde ihn dir nicht kampflos überlassen. Du glaubst, dass du Herr über Leben und Tod bist? Nein, das bist du nicht ... meinen Sohn bekommst du nicht.«

»Peter, was tust du da? Du versündigst dich gegen Gott. Glaubst du, dass du damit dem Kleinen hilfst? Willst du jetzt noch den Zorn Gottes auf unseren Sohn lenken?«

Eine für Vera unbekannte Entschlossenheit stand in Peters Augen, als er aufsprang und aufgeregt durch den Raum lief.

»Den Zorn Gottes auf ihn lenken, sagst du? Haben wir diesen Zorn nicht schon früher zu spüren bekommen? Gerade du erinnerst mich daran, auf Gottes Gerechtigkeit zu hoffen, an seine Güte? Hat er uns nicht schon ein Kind genommen? Hast du vergessen, dass er dir Daniela schon nahm, als sie gerade das Licht dieser verfluchten Welt erblickt hatte? Das habe ich irgendwann überwinden können, habe auch nur kurz an ihm gezweifelt. Aber jetzt? Könntest du ihm verzeihen, wenn er uns auch noch Patrick nimmt? Ich könnte es nicht ... verflucht soll er sein, wenn er sich das wagt.«

Peters Faust war zur Decke gerichtet, sein Gesicht vor Wut gerötet.

Sie konnte nicht glauben, was sie da hörte und schrie zurück.

»Was erlaubst du dir? Glaubst du, dass nur du unter diesen Verlusten leidest, dass mir das völlig egal ist? Glaubst du, dass ich nicht gelitten und an meinem Glauben gezweifelt habe, als Daniela starb? Nein, nur du leidest, du armer Mann. Ich habe das Kind fast neun Monate in mir getragen ... und ich habe gelitten wie ein Tier. Das hast du nur in deinem verfluchten Selbstmitleid nicht bemerkt. Jetzt kannst du dir bei Patrick selbst nicht verzeihen, was geschehen ist, vergehst in Schuldgefühlen. Niemand, ja niemand außer dir selbst, hat dir auch nur andeutungsweise die Schuld an Patricks Zustand gegeben. Du glaubst, dass die ganze Welt nur auf dich sieht ... auf dieses Monster, das seinen eigenen Sohn hingerichtet hat. So willst du den Rest deines Lebens fristen, alles mit Alkohol ertränken? Was ist aus diesem Mann geworden, der dieser Welt vor die Füße spuckte und kämpfte? Nur ein wimmerndes Etwas, das sich aufgegeben hat. Patrick braucht einen Vater, der Stärke und Zuversicht zeigt, der ihn aufrichtet und aus dieser Hölle befreit.«

Sie schlug mit der Faust auf den Tisch, sodass der Kaffee überschwappte. Das war nicht mehr der sanftmütige Mann, den sie einst kennenlernte und dem sie vertraute. Wie groß musste das Schuldgefühl in ihm gewachsen sein, dass er jetzt sogar gegen Gott aufbegehrte? Peter ließ sie mit ihren Zweifeln alleine, als er aufsprang und mit hochrotem Kopf die Küche und das Haus verließ.

Frauengespräch

Monika Reiber konnte nicht fassen, was ihre Tochter berichtete. Dieser Mann, den sie schon wegen seiner inneren Stärke und seiner Souveränität immer bewundert hatte, war in seiner Verzweiflung zusammengebrochen? Dieser erfolgreiche Rechtsanwalt, der stets einen Ausweg wusste, hatte sich in die Hände des Teufels begeben. Trug hier nur der Alkohol die alleinige Schuld?

»Mama, was sagst du dazu? Wie kann ich ihm helfen?«

Vera sah ihre Mutter an, die tief in Gedanken ins Leere starrte. Spielten jetzt alle verrückt? Allmählich wurde der Blick klarer und Monika Reiber sah ihre Tochter fest an.

»Mein Kind, ich glaube, dass Peter dich jetzt mehr braucht denn je. Er ist in ein unendlich tiefes Loch gefallen, aus dem er alleine nicht mehr herausfindet. Natürlich braucht er jetzt professionelle Hilfe, aber du und Patrick seid die Bezugspunkte, die wichtig für ihn sind. Wenn du ihn fallen lässt, kommt er niemals mehr aus diesem Loch heraus. Suche einen Weg zu ihm, sprich mit ihm ... immer wieder, gib ihn nur nicht auf. Er hat es verdient, dass du ihm immer wieder die Hand reichst.«

»Aber Mama, das tue ich doch auch gerne. Er ist im Augenblick in einer anderen Welt, er schirmt sich ab gegen jedes Argument. Außerdem kämpfe ich gegen einen ernst zu nehmenden Feind, den Alkohol. Du kannst dir nicht vorstellen, welche Mengen an Rotwein er abends zu sich nimmt. Ich wage mir nicht vorzustellen, was er tagsüber trinkt. Denk doch mal darüber nach, welche Auswirkungen es haben würde, wenn man ihm den Führerschein entzöge, bei seinem Beruf.«

Vera nahm einen Schluck von ihrem Kaffee.

»Wie sieht das denn sein Partner, dieser Klaus Meinert? Ich meine, das dürfte dem doch wohl nicht entgangen sein, dass Peter trinkt.«

»Habe noch gestern mit ihm telefoniert. Klaus rief mich an, weil Peter nicht zum Meeting erschienen ist. Er macht sich auch Sorgen, vor allem, weil sich das nicht gut macht bei den Geschäftspartnern. Sollte Peter einmal betrunken bei Gericht auftauchen, hätte das ernste Konsequenzen für alle Beteiligten.«

Nachdenklich nickte Monika. Sie ergriff Veras Hand und wechselte das Thema.

»Wusstest du, dass dein Vater auch eine Phase hatte, in der er mehr trank, als ihm, oder besser gesagt, uns guttat? Er litt damals gewaltig darunter, dass ihm das Bein amputiert wurde. Frage mich nicht, wie er es schaffte, sich immer wieder Schnaps zu besorgen, aber er tat es. Anfangs sprach ich ihn darauf an und hatte ihn auch fast so weit, dass er einer Therapie zustimmte. Doch als die Diagnose Krebs gestellt wurde, war es damit vorbei. Ich habe ihn dann auch gelassen, was sollte es auch noch bezwecken? Vor dir haben wir das immer vertuschen können. Die Schwelle zur Sucht ist schnell erreicht und auch überschritten. Dazu genügt ein Schicksalsschlag. Schuldgefühle, denke ich, möchte man gerne ertränken. Sei froh, wenn das nicht sogar in Suizidgedanken ausufert.«

Erstaunt sah Vera ihre Mutter an. So offen hatten sie schon lange nicht mehr miteinander gesprochen. Von Vaters Sucht hatte sie nie etwas mitbekommen. Er war stets ihr Idol, und das würde er auch immer bleiben.

»Was sagt eigentlich Doktor Hallig? Gibt es neue Erkenntnisse nach den vielen Tests? Ach, bevor ich es vergesse.«

Monika kramte in ihrem Einkaufsbeutel und zog ein Buch hervor.

»Ich habe für den Kleinen ein Buch gekauft. Guck nicht so erstaunt, ich weiß selbst, dass er es ja nicht selbst lesen kann, aber Peter liest ihm doch immer vor. Alle Jungen in dem Alter lieben die Abenteuer von Huckleberry Finn. Grüßt ihn von mir und sagt, dass seine Oma ihn in den kommenden Tagen wieder besuchen wird.«

Vera lächelte ihre Mutter dankbar an und nickte.

»Der Stationsarzt Doktor Merizadi telefonierte gestern mit mir, weil Doktor Hallig für ein paar Tage nach München zur Tagung gereist ist. Er konnte mir lediglich mitteilen, dass im Augenblick alles stabil ist, jedoch keine Reaktionen bei Patrick erkennbar sind.

Die Maschinen erledigen alles, was ihn am Leben erhält. Immer noch für mich ein erschreckender Gedanke.«

»Sicher hört sich das schrecklich an, doch sind wir froh, dass es diese Technik gibt. Wenn es die nicht gäbe, hättest du jetzt schon dein zweites Kind verloren.«

Vera versteifte sich im gleichen Augenblick.

»Entschuldige Vera, das hätte ich nicht sagen dürfen. Tut mir leid, entschuldige bitte.«

»Nein, nein, Mama, du hast ja recht. Es hört sich nur brutal an. Patrick kommt ja wieder zurück zu uns.«

Monika Reiber betrachtete ihre Tochter mit einem nachdenklichen Blick, der Vera jedoch nicht entgangen war.

»Was denkst du gerade, Mama? Hast du Zweifel?«

»Wie kommst du denn darauf, mein Kind? Warum sollte ich Zweifel haben? Er wird bestimmt wieder ganz gesund, du wirst schon sehen. Alles braucht seine Zeit – das Schicksal sucht seinen eigenen Weg.«

Vera konnte ihre Tränen nicht zurückhalten und drehte ihr Gesicht weg. Zweifel waren ihr selbst schon gekommen, sie hatte sie lediglich verdrängt. Immer wieder hatte sie das zarte Gesicht ihres Jungen betrachtet, das ohne jegliche Regung auf dem weißen Kissen ruhte. In welcher Welt befand er sich, hatte er vielleicht sogar Schmerzen? Konnte er wahrnehmen, was um ihn herum passierte?

»Vera, quäl dich nicht, wir können eh nichts ändern.«

»Aber Mama, versteh mich doch, das Warten bringt mich noch um. Jetzt liegt er schon vier Monate hilflos in seinem Bett und keiner kann uns sagen, ob er jemals wieder die Augen öffnet. Alles nur, wegen dieses kleinen Augenblicks der Unaufmerksamkeit. Was hat er dem Jungen da angetan?«

Monika erschrak bei diesen Worten und legte ihre Hand auf Veras Schulter. Schon lange hatte sie vermutet, dass es zu Schuldzuweisungen kommen würde. Peter musste diese Angst ebenfalls in sich tragen.

»Das kann nicht sein. Du wirst doch nicht ernsthaft Peter die Schuld an allem geben, er leidet doch selbst darunter. Wenn dieser Gedanke dich wirklich beschäftigt, musst du dich nicht wundern, wenn Peter das spürt und sich zurückzieht. Euch zwei hat immer etwas Besonderes verbunden, so eine Art Gedankenübertragung. Deshalb spürt er auch, wenn du an ihm zweifelst.«

»Aber ich zweifel doch gar nicht an ihm, er hat es doch nicht mit Absicht getan. Ich weiß doch, wie sehr er Patrick liebt, aber ...«

»Kein ABER ... du sagst es nicht offen, aber du verurteilst ihn, weil er durch eine Unachtsamkeit das Leben deines Kindes gefährdet hat. Ich kann es ja sogar nachvollziehen. Jedoch ist das sehr gefährlich, denn es beeinflusst dein Denken, dein Tun. Wenn er sowieso einen Schuldkomplex mit sich herumträgt, verstärkst du diesen noch um ein Vielfaches. Er verliert den letzten Halt, wenn du ihm das Gefühl gibst, dass er dich verloren hat.«

Monika schüttelte ihre Tochter und fuhr fort.

»Sprich mit ihm ganz offen darüber. Sage ihm ruhig ganz deutlich, dass du manchmal so denkst. Aber mach ihm auch klar, dass du dagegen ankämpfst, weil du ihn liebst. Er wird es verstehen und es wird ihm im Kampf gegen den Alkohol helfen. Versprich mir, dass du es schnell tust.«

So hatte Vera ihre Mutter nur selten erlebt. Wenn es um das Thema Alkoholsucht ging, schien sie sehr engagiert zu sein. Was hatte sich hinter ihrem Rücken zwischen den Eltern abgespielt?

Peinliche Überraschung

Das Licht in Patricks Zimmer war bereits gedimmt, sodass auf Vera die hellen Digitalanzeigen der Kontrollgeräte bedrohlicher wirkten. Langsam näherte sie sich dem Bett, auf dem die schmale Gestalt ihres Sohnes mit geschlossenen Augen ruhte. Als sich die Tür hinter ihr geschlossen hatte, umgaben sie nur noch die monotonen Geräusche der lebenserhaltenden Apparate. Patricks Brustkorb hob und senkte sich unmerklich. Seinen Puls fühlte sie, als sie seine kleine Hand in ihre legte. Während sie diese Hand streichelte, betrachtete sie das blasse Gesicht ihres kleinen Jungen. Vorsichtig bettete sie Patricks Hand wieder auf dem Laken und griff in ihre Tasche. Mit traurigen Augen betrachtete sie das Titelcover, das einen vergnügt winkenden Jungen zeigte, der auf dem Rücken eines Farbigen saß. Leise begann sie zu lesen.

»Die Abenteuer des Huckleberry Finn von Mark Twain ...«

... Das klingt schön Mama, die Geschichte gefällt mir. Nimm bitte wieder meine Hand, ich möchte sie spüren. Mir ist so kalt und du bist so warm ... Geht weg da, ihr blöden Schatten ... meine Mama liest mir jetzt vor. Wenn Papa nachher kommt, wird er es euch schon zeigen ... Ich werde bestimmt gleich wach und dann muss ich euch nicht mehr sehen ... dann gehe ich in

mein neues Zimmer. Wir haben nämlich ein Haus gebaut und da wohne ich ganz alleine in einem riesigen Zimmer. Papa und ich haben da schon alles eingerichtet ... Seid jetzt still ... Mama liest weiter. Ruhig ...

Sie war bereits auf Seite zwölf angekommen, als das Licht im Zimmer plötzlich heller wurde. Erschrocken drehte sie sich um und sah Doktor Hallig vor der halb geöffneten Tür stehen. Entschuldigend hob er die Arme und kam langsam näher.

»Das ist nicht gut für Ihre Augen, Frau Sobier, bitte nicht böse sein. Sie haben eine wunderbare Vorlesestimme, da könnte man stundenlang zuhören. Patrick wird es bestimmt genießen. Entschuldigen Sie, wenn ich gestört habe, aber das ist die Zeit, in der ich immer nach ihm schaue. Wie geht es Ihnen? Wieder ruhiger geworden?«

Er zog sich einen zweiten Stuhl heran und setzte sich neben Vera.

»Darf ich Ihnen einen Augenblick Gesellschaft leisten?«

Vera strich über die Buchseite, legte eine Serviette hinein und klappte das Buch zu.

»Selbstverständlich, Doktor Hallig, ich wollte sowieso bei Ihnen vorbeischauen. Gibt es Neuigkeiten über den Kleinen, macht er Fortschritte?«

Einen Augenblick glitt sein Blick über Patricks Körper, bevor er sich Vera zuwandte.

»Das Gleiche hat mich heute schon Ihr Mann gefragt. Auch ihm konnte ich keine befriedigende Antwort geben. Wir sind dazu verdammt, zu warten. Wir müssen darauf hoffen, dass der kleine Mann die Augen öffnet und dann hoffentlich mit uns spricht. Micky hat uns ganz aufgeregt erzählt, dass Patricks Augendeckel einmal kurz gezuckt hätten. Das war allerdings nur schwach und unsere anschließenden Tests haben das leider nicht bestätigen können. Wir beobachten ihn aber jetzt noch aufmerksamer, Frau Sobier und berichten Ihnen und Ihrem Mann sofort, wenn es da Neues gibt.«

»Micky, wer ist Micky?«

Vera sah Hallig erstaunt an.

»Entschuldigung, das können Sie nicht wissen. Micky, richtig Michael Reusner, ist der Pfleger, der sich rührend um Ihren Sohn kümmert. Er liest ihm auch ab und zu vor und erzählt ihm oft, sogar außerhalb seiner Dienstzeit, aus seiner Kinderzeit ... ein großartiger Mensch. Der hat mal als Entwicklungshelfer im Kongo gearbeitet. Ich brauche Ihnen den Typen gar nicht vorstellen, Sie werden ihn auch so auf Anhieb erkennen.«

Ein Lächeln stahl sich auf das Gesicht des Arztes, das bei Vera ein unerklärliches Gefühl erzeugte, das sie zuletzt bei Peter gespürt hatte. Sie verwarf diesen Gedanken schnell und wechselte das Thema.

»Ihr Beruhigungsmittel hat mir übrigens sehr gut über die ersten Wochen geholfen, ich konnte nach einer gewissen Zeit viel besser schlafen. Die Gedanken an Patrick verfolgen mich zwar immer, aber ich bin dabei ruhiger. Wenn jetzt mein Mann noch mitspielen würde ...«

»Was soll das heißen ... mein Mann müsste mitspielen?«, unterbrach sie Hallig.

»Er gibt sich verständlicherweise die alleinige Schuld an Patricks Leid. Er versucht neuerdings, das Geschehene zu ertränken. Er trinkt weit über das Normalmaß hinaus und wird mit jedem Tag aggressiver. Er lehnt eine Therapie rigoros ab und zieht sich immer mehr in sich zurück. Ich komme kaum noch an ihn heran.«

Hallig hatte interessiert zugehört und nickte bedächtig.

»Ich kann Ihren Mann sogar gut verstehen, Frau Sobier. Keiner könnte sagen, wie er sich in dieser Situation verhalten würde. Natürlich ist Alkohol nicht die Lösung der Probleme, aber zu Beginn klammert sich der Betroffene daran. Wenn er merkt, dass es falsch war, ist es meistens schon zu spät ... die Droge hat längst ihren Siegeszug angetreten. Er müsste eigentlich in die Hände eines Profis, doch das sieht er bestimmt anders. Zumeist haben sich die Betroffenen aufgegeben und glauben einfach nicht mehr daran, dass sie diesen Teufel Alkohol besiegen können.«

Hallig hatte sich erhoben und zuvor Veras Hand ergriffen.

»Wenn Sie einen Rat, eine Adresse benötigen, sprechen Sie mich jederzeit an. Ich bin immer für Sie da.«

Vera spürte, wie sich die Verzweiflung wieder in ihr ausbreitete und ihr Körper begann zu zittern. Vera folgte einem inneren Impuls und erhob sich. Hallig fasste sie an den Schultern, zog sie in seine Arme und klopfte ihr beruhigend auf den Rücken.

»Das wird schon wieder, Frau Sobier, ich glaube fest daran, dass Ihr Mann das überwinden wird. Geben Sie ihn nur nicht auf.«

Veras Schluchzen wurde durch die Worte des eintretenden Chefarztes unterbrochen.

»Komme ich gerade ungelegen, Herr Kollege? Haben Sie den Kreis Ihrer Patienten ohne mein Wissen erweitert? Könnte ich Sie gleich kurz in meinem Büro sprechen? Sobald es Ihre wertvolle Zeit erlaubt natürlich.«

Vera spürte, wie sich Halligs Körper im gleichen Moment versteifte, als er die Worte von Doktor Wulfert hörte.

»Das hörte sich aber ziemlich zynisch an, Doktor Hallig, haben wir etwas Falsches getan? Es ist doch nichts passiert.«

Vera hatte sich spontan von ihm freigemacht und starrte Hallig an.

»Machen Sie sich darüber keine Gedanken, Frau Sobier, so ist er immer. Es ist nicht einzuschätzen, wie er meint, was er sagt. Das macht ihn nicht unbedingt beliebter. Lesen Sie Ihrem Sohn nur weiter vor, er wird es genießen. Ich werde einmal nachhören, was es zu besprechen gibt.«

Vera glaubte, etwas Traurigkeit in seiner Stimme erkannt zu haben, und sah ihm gedankenverloren nach, als er den Raum mit ausgreifenden Schritten verließ.

»Sind Sie von Sinnen, Hallig? Haben Sie denn nichts verstanden? Ich glaubte, dass Sie aus der Geschichte gelernt haben und sich jetzt beherrschen können. Verdammt noch mal, jetzt werfen Sie doch nicht einfach Ihre Karriere über den Haufen. Ich habe Sie damals gewarnt, das Spiel zu wiederholen, jetzt erwische ich Sie bei der Vorbereitung. Ich verstehe Sie nicht, Hallig.«

Stefan Hallig stand wie vom Donner gerührt vor seinem Chefarzt und konnte nicht begreifen, dass er das wirklich gerade gehört hatte.

»Setzen Sie sich Hallig. Das geht so nicht weiter.«

Doktor Wulfert drehte sich mit auf den Rücken gehaltenen Händen ab und setzte sich hinter seinen Schreibtisch, wo er seinen kleinen, gedrungenen Körper in den Ledersessel fallen ließ. Seine Hände versteckte er wie stets auf dem Rücken, um die verunstaltete Hand zu verbergen. Zwei Finger verlor er, als er beim Aussteigen aus einem hohen Truck im Türgriff hängenblieb. Das sah er als eklatanten Makel an. Er verschränkte die kurzen Arme vor seinem vorquellenden Bauch und schob die wulstigen Lippen nach vorne, die sich in den Proportionen gut der dicken Nase anpassten. Hallig hatte vor dem Schreibtisch einen Stuhl besetzt und betrachtete schweigend das hochrote Gesicht dieses Egomanen.

»Haben Sie auch nur den kleinsten Gedanken daran verschwendet, dass dieser Sobier, hinter dessen Frau Sie ja scheinbar herbalzen, Rechtsanwalt ist und den kleinsten Fehler unserer Abteilung als Basis für eine Klage verwenden könnte? Nein, Doktor Hallig denkt wieder einmal mit dem Unterleib und hält lieber Händchen mit der Mutter unseres Privatpatienten. Warum ...«

»Halt! Jetzt reicht es, Doktor Wulfert! Niemand balzt hier hinter Irgendjemanden her. Mit Ihnen geht die Fantasie durch. Die Frau macht eine schwere Zeit durch und suchte nur etwas Verständnis und Nähe. Es tut mir leid, wenn unsere Patientinnen nicht unbedingt die Schulter des Chefarztes zum Ausweinen nutzen. Suchen Sie vielleicht einmal die Gründe bei sich selbst. Ihnen fehlt jegliches Einfühlungsvermögen und Verständnis für die Gefühlswelt von Patienten und Personal. Ja, Doktor Wulfert ... auch Personal. Die Mitarbeiter würden Sie am liebsten vom Dach werfen, so beliebt sind Sie. Aber das sehen Sie ja nicht. Sie sind ja viel zu sehr damit beschäftigt, Ihr Ego vor sich herzutragen. Glauben Sie nicht, dass Sie mich mit der Sache von damals erpressen können ... ich habe da auch diverse Trümpfe im Ärmel. Ich sage nur: OP-Abrechnungen für Privat-Patienten. So, und jetzt lassen Sie mich meine Arbeit machen und konzentrieren Sie sich mehr auf das, was Sie gut können. Ihre Fall-Analysen wissen wir im Kollegenkreis alle zu schätzen, Ihren Führungsstil keineswegs.«

Hallig blieb im Vorbeigehen kurz an dem Fenster stehen, das den Blick auf Patricks Bett und die davorsitzende Mutter freigab. Sie las dem Kind immer noch aus Huckleberry Finn vor und hielt dabei seine kleine Hand. Wieder stahl sich das Lächeln um seinen Mund.

Intrigen

Vera vernahm erst das Surren des hochfahrenden Garagentores, bevor es vom Scheppern eines umstürzenden Müllcontainers übertönt wurde. Sie konnte, als sie zum Fenster stürzte, noch erkennen, dass Peters Mercedes zurücksetzte und dann schließlich den korrekten Weg in die Garage nahm.

Als sie damals die Gestaltung des neuen Hauses mit dem Architekten besprachen, legten sie großen Wert darauf, eine Doppelgarage mit breiter Auffahrt zu bekommen. Umso mehr wunderte sich Vera über Peters Missgeschick, dem die sechs Meter wohl immer noch nicht ausreichten. Sie unterbrach für einen Augenblick das Gemüseputzen, als sie das Poltern in der Diele aufschreckte.

»Diese verdammten Treter, wie oft habe ich schon gesagt, dass die hier nichts zu suchen haben. Muss ich mir erst den Hals brechen, bevor Ordnung gehalten wird?«

Peters Schatten tauchte kurz in der Türfüllung auf und verschwand im Wohnzimmer. Vera, deren Neugierde geweckt war, verfolgte Peters Bemühungen, sich ein Glas Wein einzuschütten. Dabei schien es ihm völlig egal zu sein, dass er dazu ein Wasserglas benutzte. Dass er diesen teuren Wein ohne jeglichen Genuss in sich hineinschüttete, war für Vera mittlerweile ein gewohntes Bild. Die Aggressivität, die sein Tun heute begleitete, war jedoch neu für sie. Den Diplomatenkoffer hatte er bereits auf das Sofa geworfen, als er den Schatten Veras am Eingang bemerkte.

»Warum beobachtest du mich? Gibt es an mir irgendetwas zu beanstanden? Sag es mir ... los.«

Wortlos, jedoch mit aufkommender Angst, beobachtete sie, wie sich Peter auf die weiße Couch warf und beide Schuhe auf der gegenüberliegenden Sitzfläche abstützte. Die Augen, die plötzliche Wut ausstrahlten, waren starr und herausfordernd auf sie gerichtet. Er wartete auf eine Antwort. Vera drehte sich um und verließ stumm das Zimmer. Sie nahm wie unter Schock das kleine Küchenmesser und befreite weiter den Brokkoli von gelben Röschen. Ihr entfuhr ein spitzer Schrei, als Peter sie an der Schulter herumriss.

»Was erlaubst du dir? Du lässt mich wie einen Schuljungen da sitzen, obwohl ich dich etwas gefragt habe? Machen das Akademikerflittchen so? Tu das nie wieder, hörst du ... nie wieder.«

Jedes einzelne Wort traf Vera wie ein Peitschenhieb. Peter hatte jegliche Sanftheit verloren, Alkoholdunst schlug ihr entgegen. Sie drehte ihren Kopf angewidert zur Seite.

»Sieh mich an, ja, sieh mir gerade in die Augen. Jetzt lege verdammt noch mal das beschissene Messer aus der Hand, oder möchtest du damit irgendwas tun? ... Antworte mir jetzt endlich!«

»Was ist mit dir, Peter? Ist irgendwas passiert ... mit Patrick? Du bist ja wie von Sinnen, erklär mir das bitte.«

Sie stieß ihn heftig von sich und legte das Messer auf die Küchenplatte. Peter stolperte und fiel rückwärts gegen den Stuhl, auf den er niedersank. Beide Fäuste hämmerte er mehrfach auf die Tischplatte und schrie wie von Sinnen.

»Warum nur, Vera? Warum gerade jetzt? Unser Junge stirbt vielleicht und du betrügst mich im gleichen Moment. Das verstehe ich nicht ... ich kann das nicht begreifen.«

Vera stützte sich an der Küchenzeile ab, um nicht den Halt zu verlieren. Ihr Herzschlag drohte auszusetzen, alles in ihr kollabierte. Peter hatte seinen Kopf zwischen die Hände genommen und sein Körper zuckte unter seinen Weinkrämpfen. Sie versuchte, wieder normal zu atmen, und löste sich zeitlupenhaft von der Spüle, um endlos langsam auf Peter zuzugehen. Sie wusste nicht, ob sie ihn in diesem Augenblick, nach diesen Anschuldigungen, anfassen wollte. Sie zog einen Stuhl heran.

»Peter, hörst du mir zu? Sieh mich bitte an.«

Als er keinerlei Anstalten machte, den Kopf zu heben, schrie sie ihm die Worte entgegen.

»Sieh mich verdammt noch mal an!«

Erschrocken warf er den Kopf hoch, sodass sie in seine rot geweinten Augen sehen konnte. Das Gesicht hatte die aufgestaute Wut, die Aggressivität längst verloren und zeigte nur noch Verzweiflung.

»Warum hast du das getan, Liebes? Wir haben uns doch immer geliebt. Und warum gerade jetzt, wo Patrick ...?«

»Hör auf damit, Peter. Was faselst du da von Liebe und Flittchen ... was ist hier los? Das kann doch nicht nur der Wein sein, da steckt doch etwas Anderes dahinter. Ich will nicht glauben, was du da gesagt hast. Ich will jetzt wissen, was dich dazu gebracht hat, an mir zu zweifeln?«

Ihre Hand strich zärtlich über seine Wange, ihre Augen baten um Antwort.

»Kann ich etwas Wein bekommen?«

»Nein, das kannst du nicht, mein Schatz, nicht jetzt. Du hast davon schon viel zu viel gehabt. Jetzt erklärst du mir erst, was ich wissen muss.«

Der Blick Veras drückte wilde Entschlossenheit aus. Peter sah sich in der Küche nach Trinkbarem um und sein Blick blieb an der Weinflasche von gestern Abend hängen.

»Nein!« Vera wiederholte das Wort energisch und stieß Peter gegen die Brust. Er versuchte, seiner Stimme einen festen Klang zu geben, als er begann.

»Heute Mittag bekam ich in der Kanzlei einen Anruf.«

Schon hier legte er eine Pause ein. Vera schwieg und sah ihn abwartend an.

»Es war der Chefarzt, dieser Wulfert. Ich dachte schon, dass etwas mit Patrick war. Aber er teilte mir lediglich mit, dass sich an seinem, also an Patricks Zustand, nichts geändert hätte. Dann wollte er wissen, wie ich mich fühle. Ich habe mich gefragt, warum der das wissen will, da hat sich doch bisher keiner drum gekümmert. Der meinte aber, dass ich mich jederzeit an seine Abteilung wenden könnte, wenn ich Probleme hätte. Und dann kam er endlich mit dem Grund raus, warum er eigentlich angerufen hatte. Er meinte, dass meine Frau ja auch die Fürsorge seines Oberarztes erhalten hätte. Er würde sich rührend um dich kümmern. Als er wissen wollte, ob in unserer Ehe derzeit Probleme bestehen würden, wurde ich langsam wütend und sagte ihm, dass er sich um seinen eigenen Kram kümmern sollte. Er konnte es sich nicht verkneifen, mir noch einen Rat mit auf den Weg zu geben. Ich sollte mal ein Auge auf dein Freizeitverhalten haben, hier schien sich eine Beziehung anzubahnen. Ich habe einfach aufgelegt ... hilf mir, Liebes, was sollte das? Ist da was Wahres dran?«

Die Luft in der Küche brannte, kein Laut war zu hören. Veras Verstand drohte auszusetzen. Ungläubig starrte sie den Mann an, dem sie über so vielen Jahren ihr absolutes Vertrauen entgegengebracht hatte, den sie stets bis zur Selbstaufgabe geliebt hatte. Dieser Mann zweifelte allen Ernstes an Ihrer Treue, an ihrer bedingungslosen Liebe. Wild wirbelten ihre Gedanken durch den Kopf. Sie wusste in diesem Augenblick nicht, wie sie mit der Situation umgehen sollte. Sie schwankte zwischen Wut, Resignation und Feindseligkeit. Sie erhob sich und griff nach der Weinflasche. Wie in Trance schüttete sie sich ein Glas voll und trank mit leerem Blick. Sie registrierte nur im Unterbewusstsein, wie sich Peter die Flasche griff und an den Mund setzte.

Vera sah auf den Mann, der ihr in diesem Augenblick so erschreckend fremd erschien. Das trinkende Etwas auf diesem Stuhl hatte ihr gerade unterstellt, dass sie ein Verhältnis mit dem Arzt eingegangen wäre, der um das Leben ihres einzigen Kindes kämpfte. Sie wusste selbst nicht, woher sie die Kraft nahm für die folgenden Worte.

»Geh jetzt ... bitte nimm deine Sachen und geh ... sofort! Ich möchte dich im Moment nicht um mich haben.«

Aussprache

Die Mischung aus Kaffeeduft und Kuchen empfing Vera bereits an der Tür zum Café. Sie steuerte den kleinen Ecktisch an, an dem Doktor Hallig bereits auf sie wartete. Sein Blick war fest auf sie gerichtet, als er sich erhob und ihr die Hand reichte. Er hatte keine überfreundliche Begrüßung erwartet, doch überraschte ihn schon der fast feindselige Blick. Sie ignorierte seine Hand und nahm ihm gegenüber Platz.

Bei der herbeieilenden Kellnerin bestellte sie einen Cappuccino und wandte sich ohne weitere Einleitung Hallig zu. Sie hatte ihn nach dem Vorfall mit Peter sofort angerufen und dringend um eine Unterredung gebeten.

»Was soll das alles bedeuten? Warum verbreiten Sie in der Klinik diese Märchen?«

Das charmante Lächeln verschwand aus seinem Gesicht und machte einem Erstaunen Platz. Er hatte mit einer sachlichen, aber höflichen Aussprache gerechnet. Dass sie so direkt und ohne Umschweife das Problem ansprach, überraschte ihn. Der Cappuccino kam schon, bevor er zu einer Antwort ansetzen konnte. Er erwiderte den festen Blick von Vera Sobier.

»Es ist nicht so, wie es aussieht, Frau Sobier.«

»Oh Gott, haben Sie das aus einem Film, fällt Ihnen nichts Besseres ein? Ich habe kein Verhältnis mit Ihnen, warum verbreiten Sie diese Lügen?«

Sie strich sich wütend eine ihrer brünetten Locken aus dem Gesicht, die grünen Augen blitzten.

»Lassen Sie mich bitte erklären«, setzte Hallig jetzt ebenfalls etwas erregter an, »damit Sie ein klares Bild der Geschehnisse erhalten. Ich muss dazu ein wenig ausholen.«

Vera nahm einen Schluck aus ihrer Tasse und lehnte sich mit einem Seufzer zurück.

»Wulfert und ich sind, sagen wir es mal so, nicht unbedingt eng befreundet. Er drangsaliert mich mit seinem Wissen über einen Vorfall, der aber schon viele Jahre zurückliegt und auf den ich nicht unbedingt stolz bin.«

Hallig trank einen Schluck, bevor er fortfuhr.

»Es war bei einer Wohltätigkeitsveranstaltung, zu der die Klinikleitung damals eingeladen hatte. Ich war noch Assistenzarzt und Wulfert bereits als Oberarzt für die Neurologie verantwortlich. Ich hatte zwei bis drei Drinks zu mir genommen und hatte mich mit einer jungen Dame, der Partnerin eines meiner Patienten, auf die Terrasse verzogen. Sie hatte etwas Stoff dabei, den sie mir anbot.«

Vera hob eine Hand und unterbrach Hallig.

»Stoff? Was meinen Sie damit, ich verstehe nicht?«

Erstaunt blickte Hallig auf und erklärte: »Ich meine damit, dass sie ein paar Gramm Kokain dabei hatte, Frau Sobier.«

»Sie haben Rauschgift konsumiert? Sie, als Arzt?«

»Das haben wir alle mal ausprobiert, das bekam man an der Uni an jeder Ecke. Aber lassen Sie uns heute bitte nicht über mein nicht vorhandenes Suchtverhalten diskutieren. Also, wir haben eine Nase voll reingezogen. Genau dabei hat uns Wulfert erwischt, als er auf der Terrasse Luft schnappen wollte. Er sagte damals kein Wort, er grinste nur. Etwa eine Stunde später bekam ich über meinen Pager die Nachricht, dass wir einen Notfall in der Klinik hätten. Genau bei diesem Mann, mit dessen Frau ich geschnupft hatte, waren Komplikationen aufgetreten. Ich fuhr sofort, verrückterweise mit meinem eigenen Wagen und dieser Partnerin als Beifahrerin, in die Klinik. Den Bus, der eigentlich Vorfahrt hatte, sah ich viel zu spät. Wir krachten da rein und konnten erst verspätet, lettendlich zu spät, im Krankenhaus erscheinen. Der Mann war an einer plötzlich auftretenden Hirnblutung gestorben. Die Kollegen hatten zwar auf mich warten wollen, doch als sie von meinem Unfall hörten, mit den notwendigen Maßnahmen bereits eingegriffen ... aber es war schon zu spät.«

»Sie sind betrunken gefahren und haben deshalb ein Menschenleben auf dem Gewissen? Wie kann man damit fertig werden?«

Entsetzt beugte sich Vera vor und starrte Hallig an.

»Ich bin nicht stolz darauf, Frau Sobier, das müssen Sie mir glauben. Doch eines wurde später klar. Keine ärztliche Kunst hätte den Patienten überhaupt noch retten können. Ich hatte Glück, dass die Polizei keine Blutprobe durchführte und mich sogar direkt mit einem Einsatzwagen in die Klinik fuhr. Das half dem Patienten jedoch auch nicht mehr.«

Vera setzte die Tasse ab, an der sie genippt hatte.

»Und warum erzählen Sie mir das? Was hat das mit unserem erfundenen Verhältnis zu tun?«

»Das wird Ihnen hoffentlich gleich klarer, lassen Sie mich fortfahren. Wulfert holte mich am nächsten Tag in sein Büro, er hatte den Bericht über den Sterbefall gelesen. Er behauptete, dass ich den Tod des Mannes verschuldet hätte, obwohl der Bericht des Kollegen klar aussagte, dass auch ein schnelleres Eingreifen den Tod des Patienten nicht hätte verhindern können. Mit ihm zu streiten, machte keinen Sinn ... er hat immer recht. Dann plötzlich kam die Sprache auf das Kokain, womit ich schon gerechnet hatte. Er erklärte mir, dass er großzügig gegenüber der Polizei und der Klinikleitung Stillschweigen bewahren würde. Eine Gegenleistung erwarte er selbstverständlich nicht von mir. Es könnte natürlich sein, dass in kurzer Zeit ein Nachfolger für den scheidenden Chefarzt gesucht würde. Da wäre eine Unterstützung oder Fürsprache natürlich hilfreich.«

»Mein Gott, dann entscheiden solche Seilschaften darüber, wer auf einen derart verantwortungsvollen Posten kommt? Ekelhaft.«

Vera drehte sich nach der Bedienung um und bestellte einen weiteren Cappuccino.

»Das Spiel geht ja noch weiter, Frau Sobier. Dieser hinterhältige Kugelblitz unterstellte mir, dass ich sogar dankbar dafür war, dass es den Mann erwischt hatte. Schließlich hätte ich ja dann freie Bahn gehabt, die Witwe ... entschuldigen Sie den Ausdruck ... zu vögeln. Ich kann Ihnen versichern, dass nie etwas zwischen uns war. Wir haben uns nach dem Vorfall nie wieder gesehen.«

Vera bedankte sich bei der Kellnerin und strich gedankenverloren mit dem Löffel über den Milchschaum.

»Ich glaube, ich verstehe so langsam.«

»Ich glaube, Sie verstehen immer noch nicht vollständig. Als er am letzten Montag zufällig in Patricks Zimmer kam, war es genau der Augenblick, als Sie Ihren Kopf an meine Schulter lehnten, Sie werden sich erinnern. Jetzt spielte bei ihm alles verrückt, denn er glaubte, dass ich mich wieder an eine Angehörige eines Patienten heranmache. Jetzt will er Ihren Mann gegen mich aufbringen. Der soll diese eingebildete Liaison unterbrechen und am besten noch mich von Patricks Betreuung abziehen lassen. Ich will hoffen, dass Sie Ihren Mann beruhigen können.«

Hallig wirkte jetzt zwar befreit, doch war ihm eine gewisse Unsicherheit anzumerken. Seine Hände fuhren unruhig über das Wasserglas.

»Peter ist ausgezogen.«

Ungläubig starrte Hallig die Frau an, der er vor wenigen Augenblicken intime Details aus seinem Leben offenbart hatte. Scheinbar hatte Wulfert mit seiner Intrige erste Erfolge erzielt. Vera Sobier, die noch zu Beginn des Gesprächs absolute Souveränität ausgestrahlt hatte, saß ihm gegenüber und konnte ihre Tränen nicht mehr zurückhalten. Während sie die drei Worte vor sich hingesagt hatte, begannen die Hände zu zittern. Sie versuchten, die Serviette in tausend Teile zu zerreißen. Halligs Hände legten sich fest über Veras. Verzweifelt richtete sie ihren Blick auf das abstrakte Blumenbild, das über seinem Kopf hing.

»Ich ... ich weiß nicht, was ich sagen soll. Es tut mir so leid, was dieses Schwein da angerichtet hat. Ich werde mit Ihrem Mann reden, wo finde ich ihn? Ich werde das alles klarstellen und dafür sorgen, dass Ihr Mann wieder zurückkommt. Patrick braucht Sie beide, gerade jetzt. Und Wulfert werde ich mir vorknöpfen, das verspreche ich Ihnen.«

»Bitte Doktor Hallig, geben Sie uns allen im Augenblick etwas Zeit, um über die Situation nachdenken zu können. Panikreaktionen sind hier nicht angebracht. Ich muss das selber mit Peter regeln, es wurde schon viel zu viel Porzellan zerschlagen. Er muss wieder Vertrauen zu mir, und vor allem, zu sich selbst bekommen. Es ist ja nicht nur dieses ominöse Verhältnis, es ist ... seine Sucht. Er trinkt ohne Unterlass und hat sich selbst aufgegeben. Die Schuld an Patricks Zustand schiebt er ganz allein sich selber zu. Das verkraftet er nicht, dazu liebt er dieses Kind zu sehr.«

»Aber wir müssen doch irgendetwas tun, Frau Sobier. Die Situation muss Ihrem Mann klar werden, sonst steigert er sich immer weiter hinein. Da kann keiner sagen, was er als Nächstes tun wird. Er ist nicht mit normalen Maßstäben zu messen. Ich würde Ihnen so gerne helfen, glauben Sie mir. Wir müssen unbedingt nach einer Lösung suchen.«

Hallig sah auf seine Uhr und erschrak.

»Oh Gott. Ich muss zum Dienst, die Schicht wechselt gleich. Frau Sobier, bitte rufen Sie mich sofort an, wenn es Neuigkeiten gibt. Ich werde immer für Sie da sein, egal zu welcher Zeit. Die Nummer haben Sie ja. Ich muss jetzt leider gehen. Kopf hoch.«

Er gab der Kellnerin ein Zeichen und legte einen Geldschein auf den Tisch. Mit einem Händedruck verabschiedete er sich von ihr und blieb irritiert stehen, als sie seine Hand für einen Augenblick festhielt.

»Vera ... ich heiße Vera, Doktor Hallig. Bitte nennen Sie mich Vera.«

»Passen Sie auf sich auf ... Vera.«

Doktor Hallig verließ nachdenklich das Café.

Die Schuldfrage

»Setz dich schon ins Wohnzimmer, falls du eine freie Stelle findest«, rief Manfred lachend aus dem Bad, »ich wasch mir gerade die Hände, weil ich den Nachbarshund gefüttert habe. Komme sofort.«

Peter fand nach seinem Klingeln eine offene Wohnungstür vor und folgte der Aufforderung. Nachdem er die zahlreichen Kladden von der Sitzfläche entfernt und auf den Tisch gelegt hatte, nahm er in dem Sessel Platz, den er vom letzten Mal kannte. Manfred erschien mit breitem Grinsen und setzte sich im Schneidersitz auf den Teppich.

»Finde ich klasse, dass wir wieder zusammensitzen. Das ist nicht häufig so, denn oft kommen die Menschen nicht wieder, wenn sie für sich die Entscheidung getroffen haben, dass es nichts bringt. Sie geben auf, bevor sie überhaupt angefangen haben. Aber alles braucht eben seine Zeit.«

Manfred sah Peter eine Zeit lang an und lächelte.

»Wie geht es dir? Was hast du gemacht in den letzten Tagen? Erzähl davon.«

»Die wichtigsten Fälle habe ich in der Kanzlei abgeschlossen, eigentlich alles gut verlaufen. Klaus versucht, mich etwas zu schonen, er übernimmt die komplizierten Klienten selber. Alles andere läuft völlig daneben.«

Als Peter eine längere Pause einlegte, hakte Manfred nach.

»Möchtest du darüber reden? Hat es eventuell mit Vera zu tun, oder mit Patrick?«

»Bei Patrick gibt es keine Veränderungen, kein Ton, keine Bewegung ... er liegt da wie ein ... wie ein lebender Toter. Ich möchte ihn schütteln, ihn in den Arm nehmen. Du hörst nur diese verdammten Geräte, die ihn am Leben erhalten. Ich will doch nur seine Stimme hören, nur ein Lächeln sehen. Das ist die Hölle für mich. Niemals werde ich das an ihm wieder gutmachen können.«

»Was glaubst du, musst du an ihm gutmachen? Wie erlebst du deine Schuld?«

Ruhig warf Manfred ihm die Fragen hin und stützte sich rücklings auf seine Ellbogen ab. Abwartend betrachtete er Peter, der nach Worten suchte.

»Er hatte doch dieses Nasenbluten schon am Tag davor. Ich wollte ihm doch nur ein Taschentuch reichen ... nur dieses bescheuerte Taschentuch. Ich habe nicht aufgepasst und unser Leben aufs Spiel gesetzt ... wegen diesem verdammten Nasenbluten.«

Stockend verließen die Worte seinen Mund, während seine Augen ein Buch auf dem Tisch fixierten. Manfred ließ ihm Zeit.

»Was macht diese Schuld mit dir?«

Ohne den Blick von dem Buch zu nehmen, antwortete Peter.

»Jede Nacht lauert sie in meinen Träumen, überfällt mich, wenn ich über die Autobahn zu einem

Termin unterwegs bin. Sie quält mich, wenn ich die spielenden Kinder anderer Eltern sehe. Wenn ich an einem Verkehrs-Unfall vorbeifahre, bekomme ich Schweißausbrüche und muss Würgen. Manchmal schließe ich mich auf der Toilette ein und möchte mich darin abziehen, möchte einfach nicht da sein, mich vor der Welt verstecken. Verstehst du mich? Alle sagen mir, das Leben geht weiter, die Erde wird sich immer weiterdrehen ... einen Scheiß tut sie ... die Erde steht in Wahrheit still und zeigt mir jeden Tag ihre hässliche Fresse. Nichts wird wieder gut.«

Die letzten Worte hatte er geschrien. Manfred hörte ihm unbeeindruckt zu und schwieg. Er begrüßte es sogar, dass Peter es endlich aussprach.

»Manfred, versichere mir, dass das alles vorbeigehen wird, dass die Welt so wird, wie sie vorher war.«

Der Angesprochene lächelte Peter an.

»Du würdest mir nicht glauben, Peter. Und ich würde dich anlügen. Nichts wird so sein, wie es war. Es ist etwas geschehen, das euer Leben verändert hat. Du musst versuchen, es auch in dieser neuen Form zu akzeptieren. Nur so kannst du es schaffen, damit zu leben. Du musst lernen, wieder zu funktionieren und den Glauben daran stärken, dass Patrick wieder gesund wird. Das Schicksal hat dir einen dicken Brocken vor die Füße geworfen. Jetzt heißt es, nicht davor zu verharren, sondern den Gegner zu besiegen. Klingt so einfach, ist es aber nicht. Doch wer hat uns jemals gesagt, dass dieses Leben einfach wird? Das ist manchmal verdammt ungerecht und bedeutet ständigen Kampf. Wer aufgibt, hat schon verloren.«

Peter hatte den Blick vom Buch gelöst und auf Manfred gerichtet. Seine ehrlichen Worte hatten ihn beeindruckt, das musste er zugeben. Noch nie wurde er so deutlich auf die tatsächliche Existenz seiner Schuldgefühle hingewiesen. Er hatte sie also zurecht ... oder etwa nicht? Peter ließ jetzt nicht locker.

»Stell dir einmal vor, Patrick wacht niemals wieder auf. Der Gedanke verfolgt mich Tag und Nacht. Immer muss ich daran denken, dass ich ihm ein ganzes Leben nahm, auf das er ein Recht hat. Hätte ich einen alten Menschen getötet, wäre es sehr schlimm ... doch ich hätte ihm nur ein paar Jahre geklaut ... nicht ein ganzes Leben. Ich weiß ja, dass ich mir damit nur die Schuld runterrechnen würde, aber es ist nun mal Tatsache, dass es ein Kind war ... mein Kind.

Wenn ich über die Straße laufe, sieht mich jeder an und ruft mir stumm zu: *Du bist ein Mörder!* Die glauben alle, ich höre das nicht. Doch sie irren sich. Oft habe ich Gott gefragt, ob er mir verzeiht, mir die Schuld nimmt. Weißt du, was er mir geantwortet hat?«

Manfred sah ihn ohne jegliche Regung schweigend an und wartete.

»Nichts hat er geantwortet. Gott spricht nicht mit Mördern. Ich bin jetzt verflucht.«

Manfred hatte sehr gut zugehört und drehte mit zwei Fingern gedankenverloren seinen Pferdeschwanz. Er versuchte, sich in Peters Lage zu versetzen, sein Leiden zu verstehen.

»Was genau wirfst du dir vor, Peter?«

»Ich habe ...«, setzte Peter an.

»Nein, lass mich das erklären. Wo lag dein Hauptfehler? Wie hättest du richtig reagiert, wenn dein Kind plötzlich Nasenbluten bekommt? Hast du die Taschentücher absichtlich fallenlassen? Konntest du voraussehen, dass der LKW ausschert? Hättest du gar nicht erst zum Sea Life fahren sollen, und somit deinem Sohn die Freude nehmen? Wo zum Teufel liegt deine verdammte Schuld? Welche Schuld ist also Schuld daran, dass du dich jeden Tag vollaufen lässt. Wem gibst du diese Schuld? Und ... wie sieht das deine Frau Vera?«

Lange betrachtete Peter diesen Mann, der mit seinen ungepflegten Jeans, seinem Bart und der Hippie-Frisur vor ihm auf dem Boden saß. Keiner hatte diese provokativen Fragen bisher gestellt. Alles in ihm lehnte sich dagegen auf, sie zu beantworten. Der Typ wollte ihn von seiner Schuld freisprechen, ihm die Absolution erteilen. So einfach ging das nicht, nicht mit ihm. Er hatte vielleicht seinen Sohn um die Jugend, um sein weiteres Leben gebracht ... er war schuldig. Punkt und Amen. Warum sprach er jetzt von Vera?

»Vera ist tot.«

»Vera ist was? Sie ist tot? Habe ich richtig gehört, Peter?«

Manfred war aufgesprungen und kniete nun vor Peter.

»Sie hat mich betrogen, hat sich mit einem anderen Kerl eingelassen. Sie ist tot für mich.«

»Bist du verrückt? Oh Gott, was tut ihr euch an? Was ist passiert, Peter. Erzähl es mir, es macht dich sonst fertig.«

Peters Blick rückte wieder in weite Ferne, seine Gedanken schienen zu suchen ... nach Worten, nach Szenen. Sein Gesicht drückte eine Mischung aus Schmerz, Gleichgültigkeit und verletztem Stolz aus, als er damit begann, die Geschehnisse um Doktor Hallig und Doktor Wulfert wiederzugeben. Manfred unterbrach ihn nicht. Erst als Peter am Ende der Erzählung weinend zusammenbrach, legte er den Arm um den leidgeprüften Mann.

Besuch von Micky

Die schlanke, durchtrainierte Gestalt bewegte sich mit federndem Gang durch das Krankenzimmer und zupfte Patricks Bettdecke glatt. Mit geschultem Blick auf die Anzeigen vergewisserte sie sich davon, dass alle Werte normal waren und weiter dafür sorgen konnten, dass bei diesem Kind die Lungen mit Sauerstoff gefüllt wurden und das Herz in festem Rhythmus schlug. Als Micky mit der Hand das Kopfkissen glattstrich, fielen seine Rasterlocken auf Patricks Gesicht. Erschrocken fuhr er hoch.

»Entschuldigung, mein Kleiner, tut mir leid. Sollte ich mir doch irgendwann abschneiden, kurz ist jetzt modern ... oder etwa nicht? Komm, raus mit der Sprache ... wie findest du meine Frisur, Scheiße, oder? Du müsstest aber auch mal wieder so langsam zum Friseur, ganz schön gewachsen, deine Locken. Na ja, alles zu seiner Zeit, wird schon.«

Micky zog die Vorhänge zu, sodass der Raum wieder in ein Dämmerlicht getaucht wurde, das nur von den vielen Digitalanzeigen erzeugt wurde.

... Bitte geh nicht, lass mich nicht mit den Apparaten und den Schatten alleine ... Micky bitte ... Mama hat mir ein Buch mitgebracht. Da hinten auf der Anrichte liegt es. Die Abenteuer des Huckleberry Finn heißt das. Sie hat mir schon viel vorgelesen ... mach bitte

weiter ... Oder erzähl mir wieder von den Menschen, denen du im Kongo geholfen hast. Das war spannend ... Bitte Micky ...

Michael Reusner hatte seinen Dienst bereits beendet. Auf ihn wartete jetzt das allabendliche Fitnessprogramm, das ihn durch den Stadtwald bis runter zum Baldeneysee führte. Danach würde er sicher wieder mit ›Jacko‹, dem Kakadu spielen, der ihm die Einsamkeit vertrieb. Bettina hatte sich nach zwei Jahren des Zusammenlebens für das Studium in Boston entschieden. Micky wollte sie davon auch nicht abhalten, obwohl ihm der Abschied schon wehtat.

Er konnte es sich nicht erklären, warum er auf das Bett starrte, auf das bewegungslose Gesicht des kleinen Patrick. Da gab es etwas, was ihn auf unerklärliche Weise mit diesem Kind verband. Dieser Junge strahlte eine Magie aus, der er sich nicht entziehen konnte. Hatte Patrick gerade den Mund, die Lippen bewegt? Hatte er mit ihm gesprochen? Nein, das konnte nicht sein. Ohne die geringste Regung ruhte der Körper auf dem sterilen Laken, befand sich in seiner eigenen Welt, einer Welt, in die Micky nicht eindringen konnte.

Die Anrichte unter dem Kontrollfenster erregte seine Aufmerksamkeit ... das Buch war gestern noch nicht da. Ein Buch, das ihn magisch anzog. Er blätterte darin bis zu der Seite, die mit einem Knick gekennzeichnet war. Für ihn grenzten diese Eselsohren fast an Körperverletzung an diesem Buch. Das wäre ihm nie in den Sinn gekommen, das bedruckte Papier durfte auf keinen Fall verletzt werden. Sein Blick glitt wieder zu Patrick, der seine Lage aber auch nicht um einen Millimeter verändert hatte. Trotzdem glaubte er, eine Bewegung gespürt zu haben ... ein Lächeln auf dem Gesicht des Kindes? Nein, sein Verstand spielte ihm Dinge vor, die es nicht geben konnte.

Micky dimmte die Zimmerbeleuchtung höher und zog sich den Stuhl heran. Nach einem nochmaligen prüfenden Blick auf Patricks Gesicht begann er.

... *»Hier wollen wir also eine Räuberbande gründen und sie Tom Sawyers Bande nennen. Jedermann, der beitreten will, muss einen Eid schwören und seinen Namen mit Blut unterzeichnen.« Jedermann wollte denn auch ...*

»Herr Reusner ... Micky ... wollten Sie nicht trainieren gehen? Sie sind wohl beim Vorlesen eingeschlafen. Patrick wird sich bestimmt über Ihre Zuwendung riesig gefreut haben. Aber wir haben schon Mitternacht, Sie haben ja morgen früh schon wieder Dienst ... husch, husch, ins Körbchen, nach Hause jetzt.«

Patricia Ziegler, die Stationsschwester, wuselte in Mickys Rasterlocken und lächelte, während sie ihm half, sich aufzurichten. Mit einem letzten Blick auf den Jungen ging er zurück zur Anrichte und legte das Buch vorsichtig ab. Er spürte eine besondere Aura, die dieses Kinderbuch umgab. Kopfschüttelnd verließ er mit einem Gute-Nacht-Gruß das Zimmer.

... Schlaf gut, Micky ... und danke fürs Vorlesen ...

Die Versuchung

Der Tag hatte es in sich. Zwei schwierige Verhandlungen vor dem Amtsgericht, eine Erstbesprechung mit einem neuen Klienten, nun am Nachmittag der Besuch bei Patrick. Peter hätte es wissen müssen, dass es irgendwann geschehen musste.

Vor der Drehtür fiel sein Blick zuerst auf Monika, die heftig auf ihre Tochter einredete, bevor sie beide in die Drehtür am Eingang eintraten. Peter befand sich in der gegenüberliegenden Zelle, was Vera mit schreckgeweiteten Augen registrierte. Das war Monika nicht entgangen, die der Richtung ihrer Augen folgte. Spontan hob sie die Hand und begann wie wild zu winken. Vera hatte sich schnell wieder im Griff und zerrte ihre Mutter weiter Richtung Parkplatz. Peter beobachtete aus dem Foyer, wie sich ein Wortgefecht zwischen beiden zu entwickeln schien. Vera ließ schließlich ihre Mutter stehen und eilte zum Wagen. Monika sah noch ein letztes Mal zum Eingang der Klinik und folgte Ihrer Tochter, die bereits den Motor gestartet hatte. Kurz nachdem Monika eingestiegen war, schoß der Wagen über den Parkplatz und überfuhr die rote Ampel an der Ausfahrt.

Veras Reaktion hatte ihn zutiefst verletzt. Er hatte nie die Hoffnung aufgegeben, dass sie eine unkomplizierte Lösung ihres Problems finden könnten. Er war sich dessen bewusst, dass er überzogen reagiert und sie beschimpft hatte, obwohl er ihre Antwort gar nicht erst abgewartet hatte. Aber dieser Wulfert ... der erfindet doch solche Sachen nicht ... ein verantwortungsvoller Arzt. Peters Anrufe hatte Vera ignoriert. Er hatte ihr tausend Nachrichten auf das Band gesprochen ... keine Reaktion.

»Hallo Großer. Wie war dein Tag? Meiner war ziemlich beschissen, das kann ich dir sagen. Nur Stress, Ärger und dann noch ziemlich blödes Wetter draußen.«

Peter setzte sich auf einen der beiden Stühle und sah in das friedliche Gesicht, das auf dem blütenweißen Kopfkissen ruhte. Er glaubte, Veras Parfum noch im Raum spüren zu können, ein Duft, der so unverkennbar typisch für sie war. Eine gewisse Melancholie stellte sich ein, als augenblicklich ihr Bild vor seinen Augen erschien.

... Papa, bist du noch da, warum sagst du nichts? Du wirkst so ... so nachdenklich, hast du Sorgen? Ich spüre, dass du Sorgen hast. Erzähl mir davon ... Wenn du mit mir sprichst, sind die Schatten nicht da, sie verschwinden dann immer sofort ... Das ist schön ... Papa, warum kommt Mama immer ohne dich? Habt ihr euch nicht mehr lieb? Ich möchte nicht, dass

ihr euch streitet ... Ist das wegen mir, weil ich bei den Schatten bin und nicht mit euch sprechen kann? Ich muss das wissen, keiner sagt mir, was das alles soll ...

Veras Bild verschwand so plötzlich, wie es gekommen war. Peter überkam ein Gefühl, das er sich nicht erklären konnte. Er sah sich um, da er glaubte, nicht mehr alleine in diesem Raum zu sein. Spielte sein Verstand jetzt schon verrückt, denn da waren Stimmen, fremde Stimmen, die nur in Fragmenten bei ihm ankamen. Sie schienen wie durch einen Nebel gezogen aus weiter Ferne zu kommen, ergaben keinen Sinn. Krampfhaft bemühte er sich, sie zu entzerren, ihren Inhalt zu begreifen. Die Hand tastete sich vorsichtig zur Seitentasche seines Sakkos vor und fand endlich die kleine flache Flasche, die er mit zittrigen Fingern aufschraubte. Der starke Schnaps ließ die Stimmen augenblicklich verstummen und machten einem Gefühl Platz, das ihn freier atmen ließ. Das Zittern verschwand und er vergewisserte sich, dass niemand ihn von außerhalb beobachtete.

»Behandeln sie dich auch immer gut, mein Schatz? Du musst mir das sofort sagen, wenn sie dich vernachlässigen. Oh, entschuldige ... ich vergaß, dass du nicht sprechen kannst ... habe das anders gemeint.«

Peters Blick ruhte auf der Anrichte und fixierte das Buch, während er sich wieder an seinen Sohn wandte.

»Ich bin mir nicht sicher, ob Mama dir das schon erzählt hat, aber ich wohne für einige Zeit woanders, weißt du. Ich habe so viel außerhalb zu tun und muss viel reisen, da will ich Mama nicht immer stören. Ich vermisse euch in dieser Zeit immer sehr und freue mich darauf, wenn ich dann wieder zuhause sein kann.«

Er schwitzte, während er seinem Sohn die Lügen auftischte. Einen kurzen Augenblick glaubte er, dass Patrick das erkannt haben könnte, verwarf diesen Gedanken jedoch wieder.

»Ich habe dir den neuen ›Ice Age-Film‹ aufgenommen, der gestern im Fernsehen lief. Den gucken wir dann zusammen, wenn du wieder zuhause bist. Schlaf ruhig, mein Junge ... schlaf so lange, bis du wieder richtig gesund bist. Ich warte auf dich, das verspreche ich dir ... großes Indianer-Ehrenwort.«

Er hob tatsächlich die Hand zum Indianergruß und erschrak heftig, als die Stimme hinter ihm erklang.

»Ich finde das toll, wie Sie mit Ihrem Jungen umgehen. Die meisten Eltern sitzen still vor den Betten und bedauern ihr eigenes Schicksal. Sie geben ihm Hoffnung, für Sie ist er nicht gestorben. Er wird es Ihnen danken, glauben Sie mir.«

»Wer sind Sie?«

Peter war aufgesprungen und bemerkte diesen jungen Mann, dessen Gesicht von schwarzen Rasterlocken umspielt wurden. Dieses freundliche

Lächeln, die sanfte Stimme vermittelten ein gutes Gefühl. Micky streckte ihm die Hand entgegen.

»Mein Name ist Michael Reusner, aber alle nennen mich hier Micky. Tun Sie das bitte auch, Herr Sobier. Ich bin hier Pfleger und kümmere mich ein wenig um meinen kleinen Freund, ich meine um Ihren Sohn. Ich habe schon viel von Ihnen gehört. Alle sagen, dass Sie ein guter Vater sind. Eigentlich wollte ich ihm wieder aus dem Buch vorlesen, wir sind schon fast durch. Ich wechsel mich da immer mit Ihrer Gattin ab. Ich kann gleich wiederkommen, wenn Sie fertig sind.«

Er wandte sich zum Gehen, Peter hielt ihn jedoch am Arm zurück.

»Nein, bitte, Herr Reusner, ich meine Micky, bleiben Sie hier. Es würde mir sehr viel Freude bereiten, wenn Sie dem Kleinen vorlesen und ich ... ich möchte zuhören. Könnten Sie das für uns tun?«

Micky blieb stehen, sah Peter an und nickte lächelnd. Mit federnden Schritten, die seine Sportlichkeit deutlich erkennen ließen, lief er zur Anrichte und nahm das Buch auf. Als hätte er einen verletzlichen Gegenstand in der Hand, blätterte er bis zu einer gekennzeichneten Stelle und setzte sich neben Peter auf einen Stuhl, der noch vom Besuch der beiden Frauen dort stand. Mit sanfter Stimme führte er seinen schlafenden Freund und jetzt auch dessen Vater, weiter durch das aufregende Leben von Huckleberry Finn.

Noch lange dachte Peter über Micky nach, diesen Menschen, der seine Lebensaufgabe darin sah, andere Hilfebedürftige zu unterstützen. Dabei schienen ihm Hautfarbe, Alter oder Glauben völlig egal. Für ihn waren wohl alle gleich.

Er hing noch diesen Gedanken nach, als er die Tür der Bar öffnete. Da er aus der Dunkelheit kam, bereitete ihm das diffuse Licht der Thekenbeleuchtung keine Probleme. Er kannte sich hier aus und fand seinen Stammplatz am Tresen schnell. Stumm betrachtete er sein müdes Gesicht im Spiegel an der Thekenrückwand. Er sah einen blassen, hellhäutigen Kerl, dessen Augenringe das Gesamtbild des Gesichtes dominierten. Als sich zwischen dem Original und dem Spiegelbild ein breitschultriger Mann schob, den er als Ferdi kannte, nickte er nur mechanisch. Er wusste, dass der nur schweigend fragte, ob er das Übliche hinstellen sollte. Diese Sorte Rotwein wurde speziell für Peter eingekauft, Ferdi wusste, dass man einen umsatzstarken Kunden verwöhnen musste.

»Du siehst heute beschissen aus, wenn ich das so sagen darf. Ist wieder was Schlimmes passiert? Wie geht es Patrick?«

Karin, die hier nur ›Muschi‹ genannt wurde, hatte sich neben Peter auf den Barhocker gesetzt. Es war zu befürchten, dass die prallen Brüste jeden Augenblick das enge Korsett des Kleides sprengen würden. Peter hatte dafür keinen Blick und schüttelte nur unmerklich den Kopf.

»Nein Muschi, da gibt es nichts, was die Lage noch verschlimmern konnte. Patrick schläft. Er schläft wie ein Toter.«

»Das darfst du so nicht sagen, Peter. Du versündigst dich. Der Junge wird schon wieder, du wirst sehen.«

Muschi reagierte immer verärgert, wenn er solche Bemerkungen machte. Sie wusste, was es heißt, ein krankes Kind zu pflegen. Ihr Kleiner kämpfte damals monatelang mit der Malaria, die er sich bei einem Besuch bei seinem Vater in Kamerun eingehandelt hatte. Sie hatte ihn niemals aufgegeben und liebevoll aufgepäppelt. Heute ist er ein gesunder, lebenslustiger Junge, dem lediglich die Hänseleien der Schulkameraden wegen seiner Hautfarbe zu schaffen machten.

Keck schlug sie ihre wohlgeformten Beine übereinander und gestattete Peter damit einen kurzen Blick auf ihren Slip, der für einen Moment aufblitzte. Sie spielte aufreizend mit ihrem Glas, das nur noch eine kleine Pfütze enthielt und sah Peter von der Seite an.

»Was trinkst du da? Ferdi, bring Muschi noch mal dasselbe, damit sie mir nicht verdurstet. Wie geht es übrigens deinem Kleinen? Wie hieß er doch gleich - Jared oder so ähnlich?«

Muschi lächelte verträumt, als sie ihm antwortete.

»Jay heißt er, genau wie sein Vater. Der will ja immer, dass ich zu ihm nach Yaoundé komme, aber das ist nichts für mich. War einmal dort, um ihn zu besuchen - ist nicht meine Welt. Kamerun ist eigentlich ein schönes Land, aber ich komme mit der Kultur nicht klar. Er fühlt sich hier bei uns aber auch nicht wohl - tja, ziemlich verfahrene Kiste. Also telefonieren wir ab und zu und Jay fährt in den Ferien runter. Ich verdiene hier dann eben meinen Unterhalt.«

Mit einem tiefen Seufzer griff sie nach dem Gin Fizz, den ihr Ferdi hingestellt hatte.

»Hör mal Peter, wie soll das eigentlich weitergehen - ich meine mit dir und Vera? So ist das doch scheiße. Euer Kind ist krank, sehr krank sogar, ihr zwei sprecht nicht miteinander. Wo führt das hin? Du glaubst, dass sie ein Verhältnis hat, nur weil dir das irgendein Arsch am Telefon getextet hat. Woher willst du wissen, ob es wirklich so ist?«

»Aber er hat ...«

»Ja, was hat er? Der lügt dir vielleicht das Blaue vom Himmel herunter und du glaubst ihm das, einfach mal so. Bist du wirklich so bescheuert? Warum glaubst du ihm und nicht deiner Frau, mit der du so lange glücklich verheiratet bist? Hat sie es nicht verdient, dass du mit ihr sprichst?«

Peter stierte in sein Weinglas, drehte sich dann Muschi zu. Er dachte über ihre Worte nach, die ihm selbst so oft durch den Kopf gegangen waren. Der

Stolz hatte ihm einen Riegel vorgeschoben, ihn daran gehindert, dem Gefühl, seinem inneren Verlangen nachzugeben.

»Der Stolz, nicht wahr - verletzte Eitelkeit, daran darf eine Frau nicht kratzen, oder? Einen Peter Sobier betrügt man nicht, nein, den nicht. Diesen so erfolgreichen Supertypen doch nicht, dem alle Frauenherzen der Welt zu Füßen liegen. Wach auf, du Spinner, frag sie, ob es wirklich wahr ist. Oder lass sie einfach mal beschatten, du hast da doch bestimmt beste Beziehungen als Anwalt. Aber verdammt noch mal, tu endlich was!«

Erstaunt darüber, dass es jemand wagte, ihm dermaßen den Kopf zu waschen, starrte er sie wortlos an. Sie hatte genau den Punkt bei ihm getroffen, an dem er leicht verletzbar war. Seine Selbstsicherheit, sein imposantes Äußeres hielt viele davon ab, ihm Paroli zu bieten. Tatsächlich war es so, dass ihm die Frauenherzen zuflogen. Die große sportliche Gestalt, verpackt in Designeranzügen und begleitet von diesem charmanten Lächeln - welche Frau konnte ihm schon widerstehen? Vera war die erste Frau, die ihn damals wirklich interessierte, da sie ihn nicht anhimmelte. Sie ließ ihn warten, machte ihn neugierig. Ja, sie faszinierte ihn dadurch, dass sie ihn sogar ignorierte.

»Habe ich dich jetzt verletzt, Peter? Tut mir überhaupt nicht leid, und das musste mal raus. Du kannst dich nicht jeden Tag in einer Kneipe verstecken, dir den Wein in den Kopf schütten und dann am nächsten Tag genauso weitermachen. Du bringst dich damit um. Lass den Alkohol weg und geh zu ihr - versprich mir das.«

Peter griff in ihren roten Haarschopf und zog den Kopf an seine Schulter. Sie ließ es nach erstem Zögern zu, dass er sie minutenlang festhielt, sodass sie das Beben seines Körpers deutlich spüren konnte.

»Danke. Danke für die offenen Worte. Das Plädoyer hätte ich nicht besser bringen können. Danke, Muschi.«

Er griff in die Tasche und nahm einen Schein von einer Geldrolle ab, den er auf die Theke legte.

»Stimmt so, Ferdi.«

Er stand auf und wandte sich zum Ausgang. Auf halbem Weg blieb er stehen und kam schließlich zurück. Er blieb direkt vor Muschi stehen.

»Kommst du mit zu mir? Ich will heute Nacht nicht alleine sein.«

Erstaunt sah sie ihn an. Er spürte, dass in ihrem Inneren ein Kampf stattfand. Schließlich legte er kurz eine Hand auf ihren Arm und drehte sich mit ernster Miene ab.

»Warte Peter. Ferdi, bis morgen. Ich mach für heute Schluss.«

Der Keeper nickte stumm und nahm die Gläser vom Tresen.

Wortlos blieb Muschi neben dem Wagen stehen und betrachtete das schäbige Haus, an dessen

Eingangstür ein verwittertes Schild hing. Großspurig wies es darauf hin, dass sich in diesem Gemäuer ein Hotel befand.

»Ja, ich weiß, dass es nicht das Hilton ist, aber mir reicht es.«

Peter holte die Tüte vom Rücksitz, in der er vier Flaschen Wein wusste, die er an der Tankstelle mitgenommen hatte.

»Lass es mich mal so ausdrücken. Es ist beängstigend, was du in Kauf nimmst, nur weil du aus falschem Stolz heraus handelst. Du hast mir doch erzählt, dass du ein neues Haus gebaut hast. Ist bestimmt schöner und gemütlicher darin, aber du musst es ja wissen, was du tust.«

Sie zog fröstelnd die Schultern zusammen und hakte sich bei Peter ein. Nur kurz verharrte sie an der Zimmertür und verkniff sich einen weiteren Kommentar, als sie die Inneneinrichtung sah. Auf dem alten Schreibtisch hatte Peter diverse Aktenordner deponiert, der Schlafanzug war unordentlich auf das offene Bett geworfen worden.

»Wo, in Gottes Namen, darf ich mich hinsetzen? Ich hänge einmal deine Hosen und die Hemden in den Schrank, dann wird ein Stuhl frei, okay? Wie kann ein Mensch so leben - wie kannst DU so leben? Ich verstehe dich nicht. Wenn ich so leben müsste, würde ich auch mit dem Saufen anfangen.«

Peter kam langsam auf sie zu und nahm Muschi lächelnd in den Arm.

»Lass uns jetzt nicht Trübsal blasen. Ich weiß ja, dass alles nicht so toll läuft, aber der Abend ist zu schade, um traurig zu sein. Ich mach uns die Flasche auf und dann wollen wir nicht mehr über Probleme reden.«

»Du musst es ja wissen, Peter. Wo ist das Bad?«

Muschi musste unwillkürlich an die schäbigen Hotels in Kamerun denken, als sie das Bad betrat und fast über die leeren Weinflaschen gestolpert wäre. Der Duschvorhang zeigte an den Unterkanten erste Schimmelsporen, die sich aus den Fliesenfugen jetzt weiter ausbreiteten. Sie überflog die wenigen Pflegeutensilien, die Peter auf der kleinen Spiegelablage abgestellt hatte. Den Rest bewahrte er in einer Sporttasche auf, die er zwischen Toilette und Wanne geklemmt hatte.

Sie warf sich Wasser ins Gesicht und kramte sich zum Abtrocknen ein frisches Handtuch aus Peters Sporttasche. Das Handtuch des Hotels weigerte sie sich, zu benutzen. Als sie das Zimmer wieder betrat, hatte Peter die erste Flasche geöffnet und den Wein in Wassergläsern auf die kleine Kommode neben dem Bett abgestellt. Die Überreste des zerfetzten Korkens fand sie auf dem Schreibtisch neben dem Schweizer Messer. Allerdings konnte sie erkennen, dass diese Flasche bereits leer war und sich nur noch die Reste in den Gläsern befanden. Peter hatte es sich, nur noch mit seinem Joop-Slip bekleidet, auf dem Bett bequem gemacht und klopfte mit der freien Hand neben sich auf das Laken.

Muschi zog langsam den Reißverschluss ihres engen Kleides herunter und zeigte, was die Männer in der Bar an ihr allabendlich bewunderten. Sie rekelte sich neben Peter und griff nach dem zweiten Glas. Während sie sich über ihn streckte, nutzte er die Gelegenheit, sein Gesicht zwischen ihre üppigen Brüste zu stecken, die immer noch von einem Büstenhalter verdeckt wurden.

»Du hast es aber eilig, mein Lieber. Lass uns doch erst auf unser beschissenes Leben anstoßen.«

Muschi fühlte sich unwohl neben diesem so unverschämt gut aussehenden Mann, der seine Frau abgöttisch liebte und dennoch eine Riesenlast mit sich herumtrug. Sie hatte mit dem Gedanken gespielt, das Hotel wieder zu verlassen. Peter war kein normaler Freier, sie hatten sich angefreundet und genau das stand ihr im Wege. Er war abgestürzt, da ihm das Schicksal ein Bein gestellt hatte. Das ging deshalb nicht nach Schema F. Die etwas glasigen Augen nahmen diesem Gesicht den gewissen Reiz, seine Stimme veränderte sich zusehends und wechselte ins Lallen.

Das leere Glas stellte er umständlich auf dem Nachtschränkchen ab und rutschte tiefer in sein Kissen. Wohlig grunzend drückte er seinen Körper gegen ihren und legte seine Arme um sie. Gierig begann er damit, ihren Nacken zu küssen und den

Büstenhalter zu öffnen. Sie musste ihm die unruhige Hand führen, damit er den Verschluss fand. Verführerisch langsam führte sie seine Hand über die Brüste und ließ es zu, dass er an ihrem Slip zerrte. Muschi richtete ihren Körper auf und befreite ihren Unterleib aus dem winzigen Gefängnis. Peters Slip folgte nach einem kurzen und routinierten Griff dem ihren. Sie richtete den Oberkörper auf und drückte Peters Hände auf ihren Busen. Rittlings setzte sie sich auf ihn und bewegte den Unterleib rhythmisch. Sein Gesicht zeigte Verzückung, um dann in Verärgerung zu wechseln. Fest griff er um ihre Hüften und drückte sie mit sanfter Gewalt fest an sich. Hektisch begleitete er die Bemühungen Muschis, eine Erektion herbeizuführen. Je länger sich die beiden bemühten, umso verzweifelter wurde Peter. Mit einem wilden Schrei stieß er sie von sich und drehte sich auf die Seite.

»Scheiße, Scheiße ... Scheiße. Das habe ich noch nie erlebt. Was ist los mit mir?«

Muschi legte sich neben ihn und ließ ihre Hand auf seinem Rücken ruhen. Sie küsste ihn zwischen die Schulterblätter und wartete ab, dass er sich beruhigte.

»Was mit dir ist, fragst du? Eigentlich nichts Besonderes. Viele behaupten ja, dass Männer nicht kopf-, sondern schwanzgesteuert sind. Ich bin der Meinung, dass der Schwanz kopfgesteuert ist. Wenn dein Kopf nicht will, tut sich da unten nichts. Und dein Kopf ist im Augenblick überhaupt nicht in der

Lage, irgendwas zu steuern. Du denkst immerzu an diesen Mann, der angeblich deine Vera vögelt. Du siehst es förmlich vor dir, wie sie es tun. Du kannst an nichts Anderes mehr denken.

Du musst dir keine Sorgen machen, dass du zur Liebe nicht fähig bist. Das klappt schon wieder. Aber tue es, verdammt noch mal, nie wieder mit einer anderen Frau als deiner Vera. Sie wartet auf dich, Peter. Sie ist nur verletzt, das musst du verstehen - gib euch eine Chance. Und bitte, lass das verfluchte Saufen sein, such dir Hilfe, denn du schaffst es nicht alleine.«

Muschi wartete Peters Weinkrampf noch ab, bevor sie sich ankleidete. Sie sah noch einmal zurück auf dieses nackte, seelische Wrack und ging zur Tür.

»Danke Muschi, danke für alles.«

Peters Worte ließen sie einen Augenblick innehalten, bevor sie die Tür nachdenklich ins Schloss fallen ließ.

Misstrauen

Die Geräusche kamen von oben und ließen Vera beim Lesen innehalten. Die zuschlagende Tür hatte sie zuvor dem Wind zugeordnet, der heute durch den Vorgarten strich und hier und da Äste und Laub vor sich hertrieb. Oben hatte Vera vorsichtshalber alle Fenster und Türen geschlossen, konnte jedoch damit nicht verhindern, dass Gegenstände gegen die Scheiben prallten. Sie nahm das Buch wieder auf und suchte die Stelle, an der sie gestoppt hatte. Es fiel ihr schwer, sich auf den Stoff, auf die Geschichte zu konzentrieren, da ihre Gedanken immer wieder abglitten. Vor ihren Augen tauchten diese Bilder auf, die sie nie real gesehen hatte, jedoch einem Film gleich immer wieder in einer Schleife wiederholt wurden. Den LKW hätte sie mittlerweile aus tausenden anderen herausgefunden, der plötzlich vor der Windschutzscheibe auftauchte und das Unheil brachte, ihr die Nächte nahm. Patricks Schrei ging unter in dem Höllenlärm, den der Crash verursachte. Sie saß auf dem Beifahrersitz und blickte frontal in Peters schreckgeweitete Augen, das Gesicht zerteilte sich jedoch in Bruchteilen von Sekunden in viele kleine Punkte und verschwand schließlich ganz.

So schnell, wie die Szene auftauchte, war sie wieder verschwunden und ließ sie allein mit einem Puls, den sie bis in die Fingerspitzen fühlte. Die Schritte nahm sie wahr, ignorierte jedoch ihre

Existenz. Die Augen schloss sie einen Moment, um die Zeile ihres Buches nun zum gefühlten zehnten Mal zu lesen - ohne den Inhalt zu erfassen. Es half ... die Schritte verschwanden, alles war ruhig. Ihr Verstand gaukelte ihr Dinge vor, die es in Wirklichkeit nicht gab, nicht geben durfte. Nachdem sie realisierte, dass sie vier Seiten weiter das Gelesene nicht begriffen hatte, klappte sie das Buch zu und legte es neben den kleinen Pinguin, Patricks Maskottchen. Sie zog die Beine an und lehnte den Kopf auf die Rückenlehne des Sessels. Die Gedanken kreisten um den Streit, den sie mit Peter hatte und dazu geführt hatte, dass er ausgezogen war. Wieder einmal stellte sie sich die Frage, ob sie überreagiert hatte, und ihnen beiden damit die Chance genommen hatte, das Gesagte an Ort und Stelle zu regeln. Der Schmerz, den er ihr zugefügt hatte, indem er diesem erbärmlichen Wulfert aufs Wort glaubte und ihren Unschuldsbeteuerungen keine Chance gab, war einfach zu gewaltig - damals. Heute würde sie alles dafür geben, wenn Peter bei ihr wäre und mit ihr gemeinsam diese schreckliche Zeit des Wartens überstehen würde. Aber da waren ja noch der Alkohol und dieses Schuldgefühl, das ihn von innen zerfraß.

Der Pinguin fiel plötzlich auf den Boden. Sie bückte sich erschrocken und suchte den Teppich danach ab. Sie sah unter den Sessel, wo sie ihn vermutete. Ihre Augen wurden auf unerklärliche Weise zur Treppe geführt und blieben an dem schwarzweißen Kuscheltier hängen, das nun auf der untersten Stufe lag und sie mit seinem Lächeln verhöhnte. Ängstlich rollte sie sich zusammen und schlug ihre Hände vor das Gesicht.

Was passierte hier in diesem Haus? Das war einfach nicht möglich. Drehte sie jetzt völlig durch und sah plötzlich Gespenster?

Vera sprang aus ihrem Sessel und hetzte barfuß durch die unteren Räume, sah in jeden Winkel, die Augen panisch weit aufgerissen. Sie wusste nicht, was sie genau suchte, als sie die Treppe hinaufstürmte und die Tür von Patricks Zimmer aufriss. Nichts war verändert, alles stand an seinem angestammten Platz. Langsam zog sie sich zurück und ihr Blick blieb an der Schlafzimmertür hängen, die einen Spalt offenstand. Vorsichtig, jedes Geräusch vermeidend, schlich sie darauf zu und stieß sie etwas weiter auf.

Hatte sie heute Morgen die Bettdecke aufgeschlagen? Das machte sie sonst nur, bevor sie zu Bett ging. Ansonsten war das Zimmer in dem Zustand, in dem sie es verlassen hatte ... außer ... Die kleine Spiegelleuchte im Bad, die sie immer einschalteten, um den Partner nicht zu stören, reichte mit ihrem schwachen Schein bis zur Badezimmertür. Die hatte sie heute nicht benutzt, warum auch? Panisch trat sie wieder in die Diele und zog die Tür fest hinter sich zu. Ihre Augen richtete sie voller Entsetzen an die Decke und glitt langsam an der Wand herunter in die Hocke. Die Arme legte sie schützend über den Kopf und schluchzte in sich hinein.

Beängstigende Stille dröhnte in ihren Ohren. Ihr Blick suchte den Flur ab, nach etwas suchend, das sie nicht erklären konnte. Schließlich nahm sie ihren gesamten Mut zusammen und kroch zum Treppenabsatz. Als sie den erreicht hatte, richtete sie sich auf und stürmte die Stufen hinunter.

Das Telefon ... wo war das verfluchte Telefon? Ich muss Hilfe holen, bevor ich durchdrehe ... wen? Dieser Zettel mit der Nummer, er hat sie mir aufgeschrieben. In der Manteltasche, ja in der ... Da ist er ja.

»Ja bitte.«

Vera vernahm lediglich eine verschlafene Männerstimme.

»Doktor Hallig, sind Sie das?«

»Vera? Was ist los? Ist etwas passiert, sprechen Sie?«

Hallig war jetzt hellwach und seine Stimme nahm wieder den gewohnten festen Klang an.

»Ich weiß es selbst nicht. Ich glaube, ich drehe langsam durch, sehe schon im Haus Gespenster. Ich weiß nicht mehr weiter, ich brauche Hilfe.«

»Ich habe jetzt zwei freie Tage, ich könnte ...«

»Ja, bitte, Doktor Hallig. Wenn es Ihnen keine Umstände macht. Wissen Sie, wo ich wohne? Ich gebe Ihnen die ...«

»Ich weiß, wo Sie wohnen, bin in zehn Minuten da.«

Vera legte erleichtert auf, ohne sich weiter Gedanken darüber zu machen, wieso Hallig ihre Adresse parat hatte. Für sie war es wichtig, dass sie jetzt jemanden um sich hatte, dem sie vertraute und der ihr eine Hilfe war.

Hallig ließ den BMW einige Meter vor dem Sobier-Grundstück auslaufen. Immer noch zeigten einige Sandhügel, dass die Eigentümer mit den Gartenarbeiten in Verzug waren. Die Straße lag sehr ruhig, kein Mensch war zu sehen. Lediglich ein Fahrer schien auf jemanden in seinem Geländewagen sitzend zu warten. Das Aufglühen einer Zigarette verriet ihn. Hinter der breiten Eingangsfront, die sehr repräsentativ aus Glas gefertigt war, erkannte er den Schatten einer Person. Er hatte noch keine klare Vorstellung davon, was ihn in diesem Haus erwartete. Fakt war nur, dass Vera Sobier derzeit von ihrem Mann Peter getrennt lebte. Eine Situation, die ihm nicht behagte.

Der Türgong stoppte Veras unruhigen Lauf durch die unteren Räume. Sie stürzte zur Haustür und riss sie weit auf. Sie erinnerte sich noch rechtzeitig daran, dass sie Patricks Arzt gegenüberstand, was verhinderte, dass sie dem Besucher aus Dankbarkeit um den Hals fiel. Sie trat einen Schritt zurück und begleitete Doktor Hallig ins Wohnzimmer.

»Erzählen Sie, was ist so Schreckliches passiert? Alles, von Anfang an bitte.«

Vera nippte an ihrem Wein, während Hallig ihr von der anderen Seite des Tisches zuprostete. Er hörte aufmerksam zu, als sie die Vorkommnisse des Abends beschrieb.

»... da wusste ich nicht mehr weiter und habe Sie angerufen. Das tut mir leid, aber ich wusste einfach nicht mehr weiter.«

Vera richtete schuldbewusst den Blick auf den Boden und wartete die Reaktion ab.

»Das haben Sie richtig gemacht, Vera. Was ist mit Ihrer Mutter? Wäre die nicht auch ...?«

Vera unterbrach spontan.

»Bei meiner Mutter kann ich mit solchen Geschichten kein Gehör finden. Sie denkt viel zu pragmatisch und lehnt Geistergeschichten grundsätzlich ab. Die hätte mir wohl wieder ein Fieberthermometer in den Mund gestopft und diese Fantastereien auf erhöhte Temperatur geschoben. Sie gestattete mir schon früher keine Berichte über schlimme Träume. Nein, nein, sie ist eine gute Ratgeberin, aber damit darf ich ihr nicht kommen.«

»Nun ja, das hörte sich ja auch schon seltsam an.« Hallig setzte zu einer Einschätzung an, wurde aber von Vera unterbrochen.

»Sehen Sie, Sie glauben mir auch nicht. Ich kann es ja selbst nicht glauben. Bin ich verrückt, Doktor Hallig, bilde ich mir das alles nur ein oder sehe ich

Gespenster, die nur in meinem Kopf existieren? Ich hätte Sie damit nicht belästigen dürfen, entschuldigen Sie.«

Stefan Hallig hob abwehrend die Hände und kam um den Tisch herum.

»Hören Sie mir gut zu, Frau Sobier.«
»Vera ... sagen Sie bitte Vera zu mir.«
»Gerne ... Vera ... wenn Sie auch Stefan sagen, okay? Also, Vera, ich bin zwar kein Psychiater, aber etwas haben wir in unserer medizinischen Ausbildung auch mitbekommen. Die letzten Monate seit dem Unfall haben bei Ihnen und Ihrem Mann gewaltige Spuren hinterlassen, die selbst den stärksten Menschen umhauen. Jeder reagiert jedoch anders darauf. Wie wir sehen können, zieht sich ihr Mann zurück, leidet unter seinen Schuldgefühlen und sucht Hilfe im Alkohol. Sie versuchen, stark zu sein, vermeiden diese Flucht in Drogen. Ihr Geist ist jedoch irgendwann überfordert. Das ist die einfache Erklärung, ohne dass ich Sie mit Fachlatein quälen möchte.«

Hallig kniete vor Vera, was für den Betrachter den belustigenden Eindruck eines Heiratsantrages vermitteln konnte. Er fuhr fort.

»Die Psychiatrie teilt Psychosen grob in vier Kategorien ein, wobei ich bei Ihnen positive Symptome sehen möchte. Das sind meiner Meinung nach Halluzinationen, die Sie Dinge hören, sehen und manchmal sogar riechen lassen, die eigentlich gar nicht da sind. Die häufigste Halluzination ist das Hören von Stimmen, was Sie bisher als bloße Geräusche wahrgenommen haben. Ihr Geist gaukelt Ihnen diese Wahrnehmungen vor, oftmals aus einem Wunschdenken heraus. Wirklich unangenehm wird es für die Betroffenen, wenn sich daraus Wahnvorstellungen, also Verfolgungswahn entwickeln. Davon sind Sie noch weit entfernt und wir können zum jetzigen Zeitpunkt gegensteuern. Ich würde Sie gerne an einen Kollegen weiterleiten, der sich auf dem Gebiet viel besser auskennt. Jetzt holen wir Sie erst einmal wieder zurück in die reale Welt, bevor Sie in eine Ich-Störung geraten, die Sie selbst zerstören könnte.«

Hallig erhob sich und nahm seine Tasche auf, die er im Flur abgestellt hatte. Er kramte eine Weile darin herum und fand endlich das, was er gesucht hatte. Vera, die ihm aufmerksam und schweigend zugehört hatte, verfolgte sein Tun und betrachtete das Tablettenröhrchen in seiner Hand.

»Wollen Sie sich nicht die Räume oben ansehen, bevor ich etwas einnehme, was meine Wahrnehmung verändern könnte?«

Hallig hielt kurz inne und nickte.

»Das ist sicher das Beste, wenn wir den Tatort besichtigen.«

»Machen Sie sich jetzt lustig über mich? Wenn Sie mich nur für hysterisch halten, sollten wir jedes weitere Gespräch hier beenden.«

Empört hob sie ihre Stimme und sah Hallig herausfordernd an.

»Um Gottes willen, bitte verstehen Sie mich nicht falsch, Vera, das war überhaupt nicht spaßig gemeint. Ich habe mich nur falsch ausgedrückt, entschuldigen Sie das bitte. Lassen Sie uns nach oben gehen.«

Zögernd erhob sich Vera aus ihrem Sessel und ging an Stefan vorbei zur Treppe. Er schaltete im Vorbeigehen die Beleuchtung des oberen Flures ein, damit dieses Halbdunkel vermieden wurde, das negative Gefühle fördern könnte. Er hob den kleinen Pinguin auf und wollte ihn Vera reichen, die jedoch zurückzuckte.

Vera blieb vor Patricks Zimmer stehen und wies stumm auf die Tür. Stefan öffnete und sah in den Raum. Was er sah, entsprach einem normalen Kinderzimmer, das schon fast penibel aufgeräumt wirkte. Er konnte nichts Ungewöhnliches darin finden. Er setzte den kleinen Vogel auf das Bett und verließ schweigend den Raum. Vera sah ihn fragend an und erhielt nur ein Schulterzucken.

»Wo ist das Schlafzimmer, Vera?«

Sie führte ihn zum Ende des Flures, lehnte sich an das Treppen-Geländer und zeigte auf eine Tür. Stefan öffnete und schaltete die Beleuchtung ein.

»Vera, könnten Sie kurz kommen?«

Mit ängstlich um den Oberkörper geschlungenen Armen näherte sie sich zögernd dem Zimmer und trat neben Stefan.

»Was genau hatten Sie denn als ungewöhnlich angesehen? Auf mich wirkt dieser Raum völlig normal, weil ich ihn auch vorher nie gesehen habe. Was hat sich Ihrer Meinung nach verändert?«

Vera stand bibbernd neben Hallig und es war ihr anzusehen, dass sie unter Schock stand.

»Das ist nicht möglich ... es kann nicht sein ... das Bett, das Licht ... alles ist wieder normal ... ich verstehe das einfach nicht. Ich will hier raus!«

Bevor sie fluchtartig das Zimmer verlassen konnte, hielt Hallig sie an der Schulter fest und legte den Arm um sie.

»Vera, das bringt uns nicht weiter. Sie müssen mir sagen, was Sie gesehen haben und was jetzt anders ist. Sie müssen sich dem stellen. Was genau macht Ihnen Angst?«

Vera drehte ihr Gesicht weg vom Bett und vergrub es schluchzend in Halligs Schulter. Er legte ihr die Hand auf den Kopf und strich vorsichtig durch ihr Haar. Allmählich ließ ihr Weinen nach und sie sah in sein Gesicht, das wieder dieses Lächeln zeigte, ein Lächeln, das sie beruhigte.

»Das Bett ist ... ist wieder zugedeckt ... das war vorhin offen. Und das Licht im Bad ... das ist jetzt nicht mehr da, jemand hat es ausgeschaltet.«

»Vera, Vera, langsam ... wer sollte denn das Licht ausgeschaltet haben? Hier ist niemand, sehen Sie ... keiner da. Das war ihr Unterbewusstsein, es spielt uns manchmal Dinge vor, die es in Wirklichkeit aber nicht gibt. Das kann vorkommen, wenn wir unter erhöhter Anspannung leben, uns in einer Stresssituation befinden. Kommen Sie, ich bringe Sie wieder nach unten.«

Vorsichtig schob er sie aus dem Raum, wobei sie es vermied, noch einen weiteren Blick ins Zimmer zu werfen. Den Kopf hielt sie weiter fest an seine Schulter gepresst. Da es schwierig war, in dieser Position, die Treppe zu bewältigen, nahm er sie kurzerhand auf die Arme und trug sie hinunter. Veras Arm schlang sich um seinen Hals, während sie bitterlich weinte. Als sie im Wohnzimmer ankamen, legte er sie vorsichtig auf die Couch. Sie klammerte sich verzweifelt weiter an ihm und flüsterte mit schwacher Stimme: »Bitte lass mich jetzt nicht alleine, ich habe Angst.«

Mit sanfter Gewalt befreite er sich aus ihrer Umarmung.

»Ich gehe ja nicht, aber Sie müssen jetzt auf jeden Fall diese Tablette einnehmen, die ich Ihnen mitgebracht habe. Das wird Ihnen schnell helfen. Sie müssen schlafen, damit Ihr Verstand zur Ruhe kommt. Ich bin sofort wieder da, hole nur etwas Wasser aus der Küche. Ganz ruhig, Vera ... Psst.«

Vera rollte sich zu einer Embryohaltung zusammen und bedeckte das Gesicht mit den Händen. Dass sie die Tablette einnahm, registrierte sie nur am Rande. Ihr Blick richtete sich starr auf Stefan. Sie nahm jeden Punkt seines Gesichtes auf wie ein

Schwamm, sein Lächeln, seine klugen Augen, sein sinnlicher Mund. Verzweifelt zog sie seinen Kopf heran und küsste ihn voller Leidenschaft. Stefan war schockiert, obwohl er es genoss, von dieser wunderschönen Frau begehrt zu werden. Den Kuss ließ er geschehen und erwiderte ihn sogar. Sanft befreite er sich wieder und stellte das Wasserglas vorsichtig ab.

»Du musst bei mir bleiben heute Nacht, ich kann nicht alleine sein ... nicht heute.«

Stefan nahm eine Decke auf, die er in der Sofaecke fand und deckte Vera zu. Sie schob die Decke beiseite und streifte mit müden Bewegungen die Träger des Kleides von der Schulter, ließ den dünnen Stoff auf den Boden gleiten. Sie stellte sich, bis auf den zarten Slip völlig unbekleidet, vor ihn. Die Arme hatte sie fordernd nach vorne in seine Richtung gestreckt. Er nahm nach kurzem Zögern ihre Hände und ließ sich zum Sofa ziehen. Beide fielen in das weiche Polster. Vera drückte ihr Gesicht an seinen Hals und genoss den Geruch seines Rasierwassers, bevor sie damit begann, seinen Hals wie besessen zu küssen. Ihre Hände suchten währenddessen nach seinen Hemdknöpfen und zerrten daran. Sie gab das Unternehmen jedoch nach einer Zeit auf, da sie bemerkte, dass die Finger nicht mehr ihren Befehlen folgen wollten, sie spürte eine aufkommende Müdigkeit. Vera streckte ihren Körper wohlig aus und legte den Kopf in seinen Schoß. Stefan zog die Decke über ihren nackten Körper. Er genoss das Gefühl, ihren Kopf in seinem Schoß zu spüren. Zärtlich strich er über ihr Haar.

»Hast du die ganze Nacht ...? Haben wir ...?«

Vera stand in der Küchentür und hatte sich die Decke um den Körper geschlungen, um ihre Blößen zu verdecken. Stefan beschäftigte sich weiter damit, die Eier mit dem Schneebesen zu rühren, während ein Lächeln seinen Mund umspielte. Die Kaffeemaschine gab ein Gluckern von sich, als er auf Vera zuging. Zärtlich nahm er sie in den Arm und drückte ihr einen Kuss auf das Haar.

»Mein Gott, wie muss ich aussehen? Toll, wie fleißig du schon warst ... das Frühstück ist ja schon fast fertig. Ich gehe solange ins Bad und mach mich frisch. Bin gleich wieder da. Nicht weglaufen!«

Lachend befreite sie sich aus seinen Armen und er sah ihr lächelnd hinterher.

Stefan reichte ihr den Brotkorb herüber, wobei sich ihre Fingerspitzen berührten. Wie ein Stromschlag zog es durch ihre Körper und ließ sie beide kurz innehalten. Ihre Blicke trafen sich, lange sahen sie in die Augen des Anderen und hingen dabei ihren Gedanken nach. Erst als sich beide Gesichter mit einer leichten Röte überzogen, griff Vera nach einer Schnitte und verstrich verlegen die Butter darauf. Minuten des Schweigens folgten. Sie sah plötzlich auf und stellte nochmal die Frage.

»Haben wir ...?«

»Nein, wir haben nicht! Du hast sofort geschlafen wie ein Baby und ich habe dich ins Bett getragen.«

Diese wenigen Worte ließen Veras Gesicht erstrahlen. Die Erleichterung war sofort spürbar.

»Stefan, ich danke dir für deine Hilfe ... und deine Freundschaft.«

Rolf Kappel rekelte seinen gedrungenen Körper im Sessel, der vor Peters Schreibtisch stand. Seine wässrig wirkenden Augen, deren Farbe nicht zu definieren war, richteten sich auf Peter, der mit auf den Schreibtisch gestützten Ellbogen dasaß und die Fingerspitzen vor dem Mund zusammengelegt hatte. Die innere Anspannung war ihm eigentlich nicht anzumerken, blieb dem erfahrenen Privatschnüffler trotzdem nicht verborgen. Er genoss immer diese Zeit, bevor er seinen Auftraggebern die Nachrichten überbrachte. Er spielte übertrieben lange am Revers seines schmuddligen Anzugs, dessen glänzende Stellen deutlich zeigten, dass er den wohl täglich trug. Als er einen Kamm aus der Seitentasche zog und sogar damit begann, die noch verbliebenen Haare seines schmalen Haarkranzes zu kämmen, fuhr Peter hoch.

»Wollen Sie mir hier den coolen Hercule Poirot vorspielen oder warum veranstalten Sie dieses Theater? Wenn Sie nicht in den nächsten fünf Minuten Ihre Ergebnisse auf den Tisch gelegt haben, schmeiße ich Sie raus und Sie erhalten nicht einen Cent für Ihre Schnüffelei. Zeigen Sie endlich Ihre Ergebnisse.«

Peter hätte vor Wut platzen können und zeigte deutlich, dass ihm das Gehabe gehörig auf den Geist ging. Er hatte diesen schmierigen Spinner noch nie gemocht, er war aber stets erschreckend erfolgreich.

»Ruhig Blut, Herr Sobier, ganz ruhig. Ich wollte Sie nur nicht sofort mit schlechten Nachrichten überfallen. Aber wenn Sie nicht abwarten können ... hier bitte.«

Kappel warf einen Umschlag auf den Schreibtisch, den er aus seiner Ledermappe fingert hatte. Einige Fotos rutschten heraus und verteilten sich über die Unterlage. Peters Gesicht verfärbte sich. Nachdem es erst von Blässe überzogen wurde, wechselte es zur Röte. Was er mit einem kurzen Blick registrierte, war genau so von Kappel gewollt. Die obersten Fotos sollten auf Anhieb schockieren, was sie auch taten.

Der nackte Körper Veras drängte sich gegen Doktor Hallig, der seine Arme um sie geschlungen hielt. Weitere Fotos zeigten die liegende Gattin in seinem Schoß. Zusätzliche Details ergaben die restlichen Bilder, vom Nummernschild bis zur Verabschiedung am nächsten Morgen. Auf jedem Foto erkannte Peter Tag und Uhrzeit. Sein Gesicht zeigte keine Regung, nur eisige Kälte.

Peter zog die oberste Schublade auf und entnahm einen Briefumschlag, den er Kappel hinwarf.

»Hier, Ihr Blutgeld. Und jetzt gehen Sie mir aus den Augen, ich will alleine sein ... Raus mit Ihnen!«

Mit einem Grinsen auf den Lippen nahm Kappel den Umschlag, fächerte in aller Ruhe die Scheine und wandte sich zum Ausgang.

»Wenn mal wieder was anliegt ... immer wieder gerne.«

»Raus mit Ihnen, verdammt«, schrie Peter.

Reaktionen

»Er will was?«

Monika Reiber schrie die Worte durch den Hörer. Es war für sie nicht nachvollziehbar, dass dieser Mann zu einer solchen Handlung fähig war. Sie hatte mit vielen möglichen Szenarien gerechnet, doch nicht mit dieser Reaktion.

»Ist denn dort irgendein Grund angeführt? Das macht man doch nicht so mal eben aus heiterem Himmel.«

»Nein Mama, hier steht nur, dass er die Scheidung offiziell eingereicht hat und dass wir uns jetzt treffen müssen, um die Formalitäten zu regeln. Er möchte den Hausstand aufgeteilt wissen und die Versorgung regeln. Außerdem steht das Sorgerecht von Patrick zur Disposition. Ich verstehe diesen Mann nicht. Kann der Alkohol denn solch dramatische Auswirkungen haben? Haben ihm diese verfluchte Intrige des Chefarztes und seine Eifersucht derart zugesetzt, dass er zum Letzten greift? Mama, ich will das nicht. Ich will meinen Mann und meinen Sohn zurück. Alles muss wieder so sein wie früher ... hilf mir.«

Monika suchte nach Worten, die ihrer Tochter Trost geben konnten. Die Leitung blieb für Augenblicke stumm. Nur das leise Schluchzen Veras war zu hören.

»Jemand muss mit ihm reden, jemand, dem er bedingungslos vertraut. Was ist mit seinem Freund Klaus, seinem Partner? Würde er nicht auf ihn hören? Ich würde es ja versuchen, aber ich befürchte, dass er mich als Mutter für befangen hält. Verdammt, dieser Idiot.

Soll ich bei dir vorbeikommen, brauchst du irgendeine Hilfe? Aber wir sehen uns ja morgen wieder im Krankenhaus. Habe übrigens Nachschub besorgt, ich meine für Patrick. Habe ein wunderbares Buch gefunden, das wir ihm vorlesen können ... oder dieser Micky. Es gibt da noch eine frühere Geschichte von Mark Twain, die Abenteuer von Tom Sawyer. Bringe ich morgen mit.«

»Ist gut Mama, danke dafür. Werde es gleich einmal bei Klaus versuchen. Vielleicht kann er uns helfen.«

Vera suchte nach ihrem Smartphone, in dem sie die Nummer von Klaus Meinert gespeichert wusste.

›*Diese Nummer ist derzeit nicht erreichbar. Der Teilnehmer wird aber über ihren Anruf per SMS benachrichtigt*‹

Verzweifelt beendete sie die Verbindung und dachte über weitere Schritte nach. Stefan, konnte er ihr im Augenblick helfen? War es klug, in der jetzigen Lage mit ihm Kontakt aufzunehmen? Sie verwarf diesen Gedanken wieder. Sollte sie diesen verfluchten Wulfert zur Rede stellen, ihn direkt mit seinen Lügengeschichten konfrontieren? Damit konnte sie nur Stefan schaden, das wurde ihr im gleichen Augenblick klar. Sie entschied sich dazu, Patrick aufzusuchen. Er würde ihr neue Kraft geben. Er musste davon unendlich viel besitzen, er kämpfte schließlich gegen das ewige Schweigen, gegen die Einsamkeit seiner Welt. Vera schaute auf die Uhr und bemerkte, dass es Zeit war, ihre Tablette einzunehmen. Sie schienen wirkliche Wunder zu vollbringen, denn seitdem sie die regelmäßig nahm, hatten sich die Erscheinungen nicht mehr gezeigt.

Immer wieder musste sich Vera mental darauf vorbereiten, bevor sie in dieses schwach beleuchtete Zimmer ging, in dem ihr Liebling in einer anderen Welt gefangen war. Oft hatte auch sie es sich gewünscht, an seiner Stelle dort zu sein. Dieses junge Leben sollte einfach stattfinden ... er hatte doch noch gar nichts sehen und erleben dürfen. Das Schicksal hatte einen groben Fehler begangen.

Vera atmete tief durch und drückte vorsichtig die Tür auf. Der Schock raste durch ihre Glieder, die Atmung setzte für einen Augenblick aus, als sie auf Peters Rücken starrte, der mit tiefgebeugtem Oberkörper über Patricks Beine lag. Im ersten Reflex drückte sie die Tür wieder zu und lehnte sich gegen die Wand, versuchte, den Puls zu beruhigen.

»Geht es Ihnen nicht gut, Frau Sobier, kann ich Ihnen helfen?«

Patricia Ziegler, die Stationsschwester, eilte aus ihrem Zimmer herbei und stützte Vera.

»Danke, Frau Ziegler, vielen Dank. Mir geht es wieder gut. Ab und zu kommt alles auf einmal hoch, dann spielt uns der Verstand einen Streich. Das wird schon wieder, noch einen kurzen Augenblick. Kann dem Kleinen ja so nicht gegenüber treten.«

Die Krankenschwester warf noch einen besorgten Blick auf Vera und entfernte sich zögernd.

»Sie melden sich aber, wenn Sie ...«

»Natürlich, Frau Ziegler, dann drücke ich den roten Knopf, versprochen.«

Sie winkte lachend dieser sympathischen Frau hinterher und dachte gleichzeitig darüber nach, ob sie die Konfrontation mit Peter hier und heute suchen sollte.

Peter murmelte unverständliche Worte in die Bettdecke, in die er sein Gesicht vergraben hatte. Der umliegende Stoff sog begierig die Tränenflüssigkeit auf, die er reichlich vergoss. Patricks Gesicht zeigte keine Regung, schien sich seit den ersten Tagen seiner Einlieferung nicht verändert zu haben. Und doch, es lag etwas Besonderes darin, was Vera nicht erklären konnte. Ihre Betrachtung wurde abrupt unterbrochen, als Peter feststellte, dass er nicht mehr alleine war.

»Was tust du hier? Das ist nicht dein Tag, du bist erst morgen dran. Willst du mir denn alles nehmen, jetzt auch das Beisammensein mit dem Kleinen?

Reicht es dir noch nicht, was du bisher angerichtet hast?«

Diese Ablehnung, diese Emotionen hatte sie bei Peter noch nie erlebt. Purer Hass sprang ihr entgegen, den sie nicht einmal hätte verstehen können, wenn alles der Wahrheit entsprochen hätte. Da wirkte noch etwas anderes mit.

»Warum redest du so mit mir? Was habe ich dir getan, dass du mir, dass du uns das antun willst? Warum willst du genau jetzt, wo dich deine Familie besonders braucht, weggehen, alles hinschmeißen? Sag es mir bitte ... erkläre es im Beisein deines Sohnes, denn er hat es verdient, einbezogen zu werden.«

»Nein, meine Liebe, den Gefallen werde ich dir nicht tun. Das Kind soll nicht damit in Berührung kommen, nicht mit diesen Dingen. Die erfährt er noch später früh genug. Seine Seele soll unbelastet sein, lass ihm den Glauben an eine fürsorgende Mutter, nimm ihm nicht das letzte bisschen Halt.«

Vera stand neben dem Bett und versuchte, das Gesagte zu verarbeiten, bemühte sich, wieder klare Gedanken zu erlangen. Sie setzte sich leicht schwankend auf den Stuhl, der neben dem Kopfende stand.

... Mama ... Papa ... was geschieht hier? Warum seid ihr böse miteinander? Ich verstehe das alles nicht, sagt mit bitte, warum ihr euch

plötzlich nicht mehr lieb habt ... Warum lachen mich die Schatten aus, sie tanzen um mich herum und ... sie lachen immerzu ... Papa, schick sie fort, ich will nicht, dass sie lachen. Das macht mir Angst ... Bitte, bitte, holt mich hier raus, das ist so dunkel ... immer nur Dunkelheit und dann diese ekligen Schatten. Helft mir doch ...

Die Luft schien einzufrieren, zu vibrieren. Beide spürten, dass sich vor wenigen Augenblicken etwas in diesem Raum verändert hatte. Sie starrten auf Patrick, der still, blass und schweigend auf seinem Bett ruhte.

»Du hättest heute nicht kommen sollen, du hast uns gestört.«

Peter flüsterte diese Worte, die Vera bis ins Mark trafen. Sie stellte sich direkt neben Peter und sah ihm ins Gesicht.

»Ich, die Mutter dieses Kindes, habe gestört? Ich werde fast verrückt vor Sorge zuhause und störe das Gespräch zwischen Vater und Sohn? Erzählst du ihm auch deine Lügengeschichten, willst du ihn auf deine Seite ziehen? Herrgott, was ist aus dir geworden? Du willst ohne Grund deine Familie zerstören und versuchst noch schnell, deinen todkranken Sohn auf deine Seite zu zerren? Du bist kein Mensch mehr, du bist nur noch eine Marionette deiner Sucht. Geh zum Teufel! Ich habe nicht mehr die Kraft, um dich zu kämpfen ... du bist es nicht wert.«

Vera erhob sich und wollte zum Ausgang, blieb jedoch wie angewurzelt stehen. Eine kalte Hand hielt sie zurück.

... Mama, komm zurück, bitte. Papa hat es doch nicht so gemeint, er hat mir doch nur von früher erzählt, als er selber noch klein war. Seid doch bitte wieder lieb zueinander. Ich will nicht, dass ihr streitet. Ich will meine Eltern zurück ... beide ...

Vera drehte sich um und sah, dass auch Peter in den Raum horchte. Er blickte durchs Zimmer und suchte wie sie eine Erklärung für dieses Unaussprechliche. Zögernd wandte sie sich zum Ausgang und zog die Tür langsam ins Schloss. Mit wackligen Beinen bewegte sie sich zum Aufzug und bemerkte mit Erschrecken, dass sie sich nicht von Patrick verabschiedet hatte.

Obwohl das einfließende Spülwasser alle Geräusche übertönte, vernahm Vera doch das Klingeln des Telefons im Hintergrund. Sie wischte sich die nassen Hände am Trockentuch ab und sah auf die angezeigte Telefonnummer.
»Hallo Vera, ich sah, dass du versucht hast, mich zu erreichen. Was kann ich für dich tun? Gibt es bei Patrick etwas Neues?«

Klaus Meinert hatte Vera mit seiner angenehmen Stimme bei früheren Gesprächen großartig unterhalten können. Sie hatte mit diesem Rückruf allerdings schon nicht mehr gerechnet und setzte sich auf die Sofakante.

»Schön, dass du mich zurückrufst. Eigentlich wollte ich mich mit dir über Peter unterhalten, besser gesagt, deine Einschätzung abfragen. Hast du Zeit für mich?«

Sie hörte für einen Augenblick nur das Atmen am anderen Ende und wartete geduldig auf eine Antwort.

»Ich habe gerade nachgesehen, wann Peter diesen Termin in Mainz hat - könntest du am Freitag, so ab siebzehn Uhr? Dann ist hier Feierabend und wir haben etwas Zeit. Bei mir in der Kanzlei?«

»Gerne. Störe ich dich auch wirklich nicht?«

»Das ist überhaupt kein Problem. Und für euch habe ich immer Zeit.«

Klaus stand auf dem Treppenabsatz, um Vera zu begrüßen. Wie sie es nicht anders erwartet hatte, trug er wieder seine Jeans zum Sakko, so wie ihn die Branche kannte. Er war bekannt dafür, dass er die übliche Kleiderordnung mit Anzug und Krawatte selbst bei den meisten Empfängen missachtete. Er hatte nicht nur in dieser Beziehung seinen eigenen Kopf, was ihn bei Vera nicht unsympathischer machte. Er begrüßte sie mit einem Wangenkuss und bat sie in die Besprechungsecke.

»Wasser, Limo oder Wein?«

»Danke, Klaus, ein Wasser reicht.«

Lässig schlug er die Beine übereinander und sah Vera fragend an.

»Du möchtest meine Einschätzung zu Peters Verhalten? Da will ich etwas ausholen. Du weißt, dass ich Peter als hervorragenden Anwalt schätze und froh bin, dass er in dieser Kanzlei tätig ist. Eigentlich macht er seine Arbeit immer noch gut, wobei ich sein Arbeitspensum etwas runtergeschraubt habe ... mit Rücksicht auf Patricks Zustand. Aber ... und hier kommt der erste Knackpunkt ... auch mit Rücksicht auf unsere Klienten.«

Klaus nahm einen Schluck und faltete die Hände über seinem kleinen Bauchansatz.

»Peter ist wohl der Meinung, dass dieses Team nicht mitbekommt, was mit ihm geschieht. Da irrt er gewaltig. Sogar einer unserer treuesten Kunden hat mir vertraulich mitgeteilt, dass er einer Betreuung durch Peter derzeit nur ungern zustimmen würde. Der Alkohol ist im Augenblick sein größter Feind. Jeder hier bringt Verständnis für seine Lage auf, doch keiner möchte mit einem betrunkenen Kollegen zusammenarbeiten. Bei einer Teamsitzung wurde die Solidarität mit ihm und seiner Lage bekundet, doch man sieht die Gefahr, dass der gute Ruf der Kanzlei leiden könnte. Dem kann ich mich nicht mehr verschließen, liebe Vera. Peter wird zu einer Gefahr ... für sich und andere.«

Veras Hände verkrampften sich um ihre Handtasche. Sie hatte genau dieses zu hören befürchtet. Sie wollte aber endlich Klarheit haben.

»Hast du davon gewusst, dass er durch einen Kollegen aus deiner Kanzlei die Scheidungsklage führt? Hättest du ihn nicht als sein, nein unser bester Freund, davon abbringen können?«

Herausfordernd sah sie Klaus an, dem diese Frage sehr unangenehm war. Er straffte sich und beugte sich Vera zu.

»Du möchtest unbedingt die Wahrheit hören? Nein Vera, ich wollte es auch eigentlich nicht verhindern!«

Sie zuckte wie unter einem Peitschenhieb zusammen und stützte sich mit beiden Händen auf den Sessellehnen ab. Die Luft drohte ihr wegzubleiben.

»Du ... du wolltest es gar nicht? Soll das heißen, dass du ihn darin sogar noch bestärkt, ihn unterstützt hast? Warum macht ein Freund so was? Warum handelt so Patricks Patenonkel?«

»Ich habe ihn nicht bestärkt, erst recht nicht unterstützt ... ich habe ihn nicht davon abgehalten. Da besteht ein großer Unterschied, liebe Vera. Und bitte, wenn du mich schon anmachst, komm´ mir nicht mit dem Moralapostel und hebe den mahnenden Zeigefinger. Denke einmal darüber nach, ob dein Verhalten dem einer liebenden Gattin und Mutter entsprach.«

Eine Ohrfeige hätte nichts Schlimmeres anrichten können. Vera versuchte, Ihre Atmung zu beruhigen. Nachdem sie erfolglos in ihrer Tasche nach einem Taschentuch suchte, riss sie ein Kleenex aus der Schachtel, die auf einem Abstelltisch stand. Allmählich gewann sie ihre Fassung wieder zurück und konzentrierte sich auf Klaus.

»Was genau willst du mir damit sagen? Bist du auch auf den Zug aufgesprungen, den ein Doktor Wulfert in Peters Bahnhof gestartet hat? Hat er sogar dich angerufen oder hat dir Peter sein Herz ausgeschüttet? Glaubst du wirklich, dass ich mit einem anderen Mann ein Verhältnis angefangen habe? Komm, raus damit, lieber Freund.«

Es war Klaus anzumerken, wie unangenehm ihm diese Situation war, zumal sie alle seit vielen Jahren eng befreundet waren. Dennoch kam er nicht umhin, ihr reinen Wein einzuschenken.

»Nein, Vera, das glaube ich nicht ... ich weiß es definitiv. Ich habe es mit meinen eigenen Augen gesehen. Ich wollte es erst nicht glauben und sah es als Fälschung an. Doch es war so ... du hast es mit einem anderen Mann getrieben. Bilder haben das ohne Frage bewiesen. Wulfert hatte also recht.«

Veras Schrei ließ Klaus zusammenfahren und abwehrend die Arme heben. Sie riss ihre Tasche an sich und sprang auf. Mit wenigen Schritten war sie am Fenster und schlug mit den Fäusten dagegen.

»Nein ... das kann nicht sein ... ihr habt mir einen Schnüffler hinterhergeschickt? Ihr habt es tatsächlich gewagt, mich zu beobachten, ihr Schweine?«

Sie drehte sich um und lief auf Klaus zu. Mit einer weitausholenden Bewegung schlug sie ihm die Handtasche auf die Stirn. Seine abwehrende Bewegung kam zu spät, der Cut blutete augenblicklich. Bevor sie ein weiteres Mal zuschlagen konnte, hatte er sie zu fassen bekommen und drückte Vera wieder zurück in den Sessel. Vera überkam ein Weinkrampf, während sich Klaus ebenfalls ein Kleenex zupfte, um die Blutung zu stoppen.

»Ihr habt mich fotografiert ... ihr habt mich in meinem eigenen Haus fotogra...«

Ein heftiges Zucken durchlief ihren Körper. Klaus versuchte, ihr einen Arm um die Schulter zu legen. Heftig entzog sie sich dieser Geste und schrie wie von Sinnen.

»Nimm deine verfluchten Hände von mir. Du bist für mich gestorben. Geh zum Teufel und sprich mich nie wieder an ... nie wieder, hast du gehört!«

»Aber Vera, ich wusste nichts von diesem Auftrag. Den hat Peter ohne mein Wissen vergeben. Ich konnte das nicht verhindern. Die Bilder haben mich auch schockiert, das kannst du mir glauben.«

Vera stand jetzt wieder erstaunlich gefasst auf und sah Klaus mit festem Blick an.

»Du hättest wissen müssen, dass ich dazu nicht fähig gewesen wäre. Aber euch jetzt noch die

Situation erklären zu wollen, ist vergebene Liebesmühe. Ich war von Anfang an chancenlos. Das Urteil war schon vor der Aussage der Angeklagten gesprochen, eine Verteidigung wurde nicht zugelassen. Ihr werdet dafür in der Hölle landen.«

Kontakt zu Patrick

Bevor Vera Patricks Zimmer betrat, verweilte sie vor dem Fenster zum Flur. Stumm beobachtete sie diesen kleinen Körper, der bisher nicht das kleinste Anzeichen einer Bewegung gezeigt hatte. Die Vorstellung, dass ihr Sohn nie wieder die Augen öffnen könnte, ließ ihr einen Schauer über den Rücken laufen. Die ruhige Stimme hinter ihr, holte sie wieder in die reale Welt.

»Er wird wieder zurückfinden, geben Sie ihm Zeit, Frau Sobier. Ich halte ihn ständig auf dem Laufenden, ich meine, was so derzeit für den Jungen von Interesse sein könnte. Er soll ja schließlich auf dem neuesten Stand sein, wenn er wieder aufwacht.«

Vera mochte diese Stimme, die so herrlich erzählen, wunderschön vorlesen konnte. Sie beherbergte schon so immens viel Weltklugheit, die man bei einem noch so jungen Menschen nicht vermutet hätte.

»Ich danke Ihnen, Micky. Ich danke Ihnen so sehr dafür, dass Sie meinen Jungen nicht aufgeben. Ich glaube, dass Sie beide sehr gute Freunde werden könnten, wenn er wieder bei uns ist. Sie müssen mir versprechen, dass Sie uns besuchen werden, wenn er wieder zuhause ist. Wir würden uns sehr darüber freuen.«

Sie drehte sich um und sah in sein offenes, von Rasterlocken umrahmtes Gesicht. Es war eine spontane Geste, als sie ihn in die Arme nahm und über die Wange strich.

»Sie sind ein toller Mensch, Micky.«

»Jetzt bringen Sie mich aber in Verlegenheit, Frau Sobier. Ich kann das Kompliment aber gerne zurückgeben ... Sie sind eine starke Frau, denn viele Mütter wären an dieser Situation längst verzweifelt, längst zerbrochen. Sie geben die Hoffnung niemals auf. Aber jetzt muss ich weiter ... da warten ein paar Patienten auf mich. Patrick hofft bestimmt, dass Sie ihm vorlesen ... er weiß, dass Sie in der Nähe sind ... glauben Sie mir.«

Sie spürte sofort, wie die Luft sich veränderte, als sie die Tür hinter sich schloss. Sie glaubte sogar, dass dieser Raum kälter war und ... ja, unglaublich still. Auch nicht das geringste Geräusch drang an ihr Ohr, selbst die Geräte schwiegen, obwohl sie funktionierten. Vera ging zum Stuhl, der bereits neben dem Bett stand. Nur zögernd setzte das Geräusch der laufenden Apparate wieder ein, was sie jedoch nicht bewusst wahrnahm. Vera kramte in ihrer Tasche nach dem Tom Sawyer-Buch, dessen Cover sie Patrick vor das Gesicht hielt.

»Von Oma ... soll ich dir vorlesen, hat sie befohlen. Sie konnte leider heute nicht mitkommen, da sie sich einen Hammer auf den Daumen geschlagen hat. Wie geht es dir, mein Liebling? Du hast hoffentlich keine Schmerzen, die dich quälen. Mach bitte deine Augen wieder auf, bitte, bitte. Ich weiß nicht, wie lange ich das noch ertragen kann, dass du ... ich möchte wieder dein Lächeln sehen, mein Schatz. Soll dir von Papa Grüße bestellen.«

Hiernach machte Vera eine kurze Pause und überlegte.

»Nein, nein ... das war gelogen, entschuldige bitte. Papa hat mir das nicht aufgetragen, aber ich glaube, er hätte es gewollt, wenn er bei mir wäre. Weißt du, ich möchte dich nicht belügen, auf keinen Fall. Hör mir gut zu. Papa macht im Augenblick eine schlimme Zeit durch, da er sich die alleinige Schuld an deiner Krankheit gibt. Er hat damit begonnen, zuviel Alkohol zu trinken und glaubt fest daran, dass ihm das helfen würde. Tut es aber nicht, es macht alles nur noch schlimmer.«

Vera umfasste Patricks Arm und legte ihren Kopf darauf. Ihre Augen füllten sich mit Tränen, die sie nicht zurückhalten konnte.

»Papa und ich hatten einen Streit und ... er ist ... er wohnt jetzt woanders. Er ist so böse auf mich, dass er sich von mir trennen möchte. Ist das nicht schrecklich, mein Schatz? Ich ... ich will das aber nicht. Ich liebe ihn doch noch so sehr.«

Wild presste sie Patricks Arm an ihr Gesicht und ein Weinkrampf schüttelte ihren Körper.

... Mama, hör auf zu weinen, bitte hör auf! Papa meint das nicht so, der hat dich doch auch gerne. Das hat er mir noch gestern gesagt

... Bitte sprecht miteinander. Du darfst das nicht zulassen ... ich will euch beide zurück ... verdammte Schatten, hört auf zu lachen ... meine Mama ist traurig. Verschwindet endlich ... Mama, du musst mir helfen, diese verfluchten Schatten tun mir nachts immer weh, die reißen an mir und wollen mich aus dem Bett werfen ... die lassen mich nicht schlafen ... und ich bin so müde ...

Veras Schultern zuckten noch ein letztes Mal, bevor sie sich in ihrem Stuhl aufrichtete. Die Augen hielt sie geschlossen, während sie in die Stille lauschte. Da war sie wieder, diese Lautlosigkeit, die in ihren Ohren dröhnte. Das Zimmer war von einer unerklärlichen Energie aufgeladen, durch das sich ... ja, Schatten bewegten. Sie konnte diese Schatten nicht sehen, aber sie spürte sie um sich herum. Wie Irrwische schienen sie zu tanzen, drehten sich um sie herum. Fasziniert ließ sie es zu, dass die Tänze immer mehr an Intensität zunahmen, sie in eine Dimension hineinzogen, die sie nicht mehr losließ. Ihr Lächeln erstarb, als sich die Hand von Stefan Hallig auf ihre Schulter legte.

»Vera, was ist mit dir? Du schwitzt ja fürchterlich, komm wieder runter. Verdammt, wo warst du gerade? Du hast laut gelacht über etwas ... was hast du gesehen?«

Mit weit aufgerissenen Augen starrte sie auf Stefan, der ihr den Schweiß von der Stirn wischte. Rein mechanisch suchte er ihren Puls und blickte auf die Armbanduhr.

»Verdammt, du pumpst ja wie eine Dampfmaschine. Der Puls liegt bei einhundertsechzig, bist du wahnsinnig? Ich hole dir sofort eine Tablette. Du wartest hier, nicht weggehen, nicht aufstehen.«

Hallig tauchte nach wenigen Minuten wieder auf und reichte ihr eine Pille und ein Glas Wasser.

»Was war los, Vera? Bitte lass es raus, du hast ja furchterregend ausgesehen, wie unter Trance. Erzähl mir davon ... bitte.«

Das Lächeln auf Veras Gesicht hatte sich in Erstaunen gewandelt. Mit großen Augen betrachtete sie Stefan und strich ihm durch das angegraute Haar. Als hätte sie sich elektrisiert, zog sie die Hand blitzschnell zurück und blickte ängstlich auf das regungslose Gesicht von Patrick.

»Verdammt, was läuft hier ab? Irgendwas stimmt nicht. Vera, sprich mit mir ... vielleicht kann ich dir helfen. Das kann ich aber nur, wenn du mit mir redest.«

»Es ist alles gut, Doktor Hallig. Sie machen sich umsonst Sorgen. Ich hatte nur geträumt, muss wohl eingeschlafen sein. Das passiert mir häufig, denn Ihre Tabletten machen mich immer ein wenig müde, wissen Sie. Möchte jetzt dem Kleinen noch etwas aus dem neuen Buch vorlesen. Sehen Sie? Tom Sawyer, ein gutes Buch ... er wartet schon darauf. Danke für Ihre Fürsorge, aber jetzt möchte ich mit ihm allein sein.«

Vera lächelte in Stefans erstauntes Gesicht und verfolgte ihn mit Blicken, als er das Zimmer nachdenklich verließ.

»So, mein Schatz, jetzt sind wir wieder alleine. Das erste Buch habt ihr ja wohl schon durch, oder?«

Sie ging zur Anrichte und sah, dass das Lesezeichen am Ende steckte. Sie legte ihre Hand wieder auf Patricks Arm und klappte das neue Buch auf.

»... *Tom! Keine Antwort. Tom! Tiefes Schweigen. Möchte nur wissen, wo der Bengel ...*«

Selbst die Schatten verharrten in konzentriertem Zuhören.

Dritte Sitzung

Manfred legte noch etwas Wäsche nach und stellte die Maschine an. Das Läuten an der Tür ließ ihn aufhorchen.

»Peter? Das ist eine Überraschung, habe ich unseren Termin vergessen? Komm rein.«

Peter Sobier schüttelte wortlos den Kopf und trat zögernd ein. Mit geschultem Blick hatte Manfred die kleinen Veränderungen bemerkt, die bei diesem ansonsten immer adrett gekleideten Mann schon gravierend ins Auge fielen. Der ungepflegte Drei-Tage-Bart wirkte im ersten Augenblick befremdlich, ebenso der verknitterte Anzug und das weit offenstehende Hemd. Der Alkoholfahne hätte es nicht bedurft, um Manfred erkennen zu lassen, dass sein Besucher angetrunken war. Ein Duft von Pfefferminze war ein Indiz dafür, dass er versucht hatte, den verräterischen Mundgeruch zu kaschieren.

»Setz dich irgendwo hin, komme sofort. Manfred zog den Stecker des Bügeleisens aus der Dose und warf die Oberhemden wieder zurück in den Wäschekorb. Das lange Haar band er sich mit einem Gummiband zu einem Pferdeschwanz, bevor er sich seinem Besucher im Wohnzimmer widmete. Peter Sobier hatte sich mit in den Hosentaschen vergrabenen Händen ans Fenster gestellt und schaute auf den vorbeifließenden Verkehr. Manfred gesellte sich zu ihm.

»Schön, dass du gekommen bist, hatte damit schon nicht mehr gerechnet. Dir geht es nicht gut, es ist etwas Schlimmes passiert ... habe ich recht? Erzähl mir davon, ich habe Zeit und höre dir zu.«

Peter öffnete das Fenster und sog die Luft tief ein, sah lange hinunter auf die Straße, die tief unter ihm lag. Manfred spürte, dass der Fall Sobier jetzt begann, noch komplizierter zu werden. Diese Blicke der Verzweiflung, die in die Tiefe gerichtet waren, kannte er bereits von anderen Fällen. Der verzweifelte Mann neben ihm fand auch im Alkohol weder den Trost, noch die Hilfe, um sein Problem zu lösen. Die Gedanken gingen schon in eine andere Richtung. Peter dachte zumindest ansatzweise über einen letzten Ausweg nach.

Freitodgedanken hatte Manfred schon mit einigen Gesprächspartnern diskutiert und in den meisten Fällen auch etwas bewirken können. Hier war die Sache etwas komplizierter. Die Alkoholsucht konnte die letzte Hürde vor der Tat einfach wegspülen, den Verstand gegen logische Argumente verschließen. Peter musste unbedingt in sachkundige Hände.

»Ich habe es schwarz auf weiss, Vera treibt es mit diesem Arzt ... Gott, warum tut sie mir das an? Wir haben uns doch geliebt. Immer hat sie mir gesagt, dass sie mich liebt, dass ich das Beste wäre, was ihr jemals passiert ist. Jetzt hasst sie mich und vögelt ...«

Peter brach hier ab und schlug die Hände vor das Gesicht. Manfred drehte ihn vom Fenster weg und schloss den Flügel. Er drückte den weinenden Mann in einen Sessel und setzte sich in seiner gewohnten Art vor ihm auf den Teppich.

»Sie hat dich also betrogen, und das hast du schwarz auf weiss, sagst du. Was heißt das? Hat sie dir das geschrieben oder wie?«

»Fotos ... ich habe Fotos davon«, schrie Peter, wobei ihm Speichel aus dem Mundwinkel lief, den er mit dem Anzugärmel einfach wegwischte.

»Du sagst, dass du sie dabei fotografiert hast. Habe ich das richtig gehört? Du hast Bilder gemacht, während sie dich betrügt?«

»Nein, natürlich nicht. Die hat mir ein Privatdetektiv gemacht. Die waren ...«

»Moment«, unterbrach ihn Manfred, »du hast einen Schnüffler damit beauftragt, deine Frau, die du ja immer noch liebst, zu bespitzeln. Du hast nicht den Mut aufgebracht, sie selbst zu fragen. Du hast nicht den Anstand besessen, dass sie sich zu deinen Anschuldigungen äußern konnte. Es tut mir leid, Peter, aber ich finde das einfach beschissen. Du hast mir erzählt, dass dich so ein Typ aus dem Krankenhaus angerufen hat. Deine Frau ginge fremd mit einem seiner Kollegen. Du springst ganz schnell auf den Zug und beschimpfst deine Frau. Ihr sprecht nicht weiter darüber. Nun weißt du nichts Besseres zu tun, als deine Frau auszuspionieren. Null Chance für sie ... klasse, tolle Lösung.«

Irritiert sah Peter auf. Er hatte sich das Gespräch anders vorgestellt. Er suchte Hilfe, einen Beistand, keine Moralpredigt.

»Ja, ich weiß, was du nun denkst. Ich sollte dir eigentlich die Absolution erteilen für diese Heldentat, und mit dir den Verlust an ehelicher Treue beweinen. Es tut mir leid, dass ich dir da nicht dienlich sein kann. Ich habe da eine etwas andere Vorstellung von Vertrauen. Nach meinem Verständnis, wäre es besser gewesen, schon beim ersten Gespräch eine Stellungnahme von Vera abzuwarten. Sie hatte doch nicht die geringste Chance gegen deine vorgefasste Meinung. Vera war schuldig, das hat dir jemand, der über jeden Zweifel erhaben ist, bestätigt ... Basta. Todesstrafe für das untreue Weib.«

»Aber sie hat mich doch rausgeschmissen, bevor ich ...«

»Ich erinnere mich. Ist das nicht verständlich, wenn der Ehemann aus heiterem Himmel ein Verhältnis unterstellt, nur weil das von diesem seltsamen Arzt so behauptet wurde? Wärst du dann nicht auch schockiert und enttäuscht gewesen? Du machst es dir aber sehr einfach. Sie hätte ein zweites Gespräch verdient gehabt.«

Obwohl Manfred Peters Handlungsweise innerlich sehr aufbrachte, argumentierte er ruhig und emotionslos.

»Die Bilder beweisen aber, dass sie es wirklich getan haben ... hier, sieh dir das an.«

Mit zitternden Händen wühlte Peter mehrere Fotos aus der Seitentasche und warf sie auf den Teppich. Manfred fasste sie nicht an und warf nur einen kurzen Blick darauf.

»Was wolltest du mir zeigen? Ich sehe hier ein Auto, aus dem ein Mann aussteigt. Ich sehe eine Frau, die mit diesem Mann auf einem Sofa sitzt und Wein trinkt. Zugegeben, dass sie auf einem Foto nackt den Kopf auf seinen Schoß legt, ist schon ungewöhnlich. Aber dann ... was kommt dann? Du sagst, sie haben es miteinander getrieben. Wo sehe ich das, welches Bild beweist das? Du bist Anwalt, nicht wahr? Würde das dem Gericht ausreichen für ein Urteil: Sie haben es miteinander getrieben? Verdammt, selbst wenn sie es getan hätten ... vielleicht hast du sie erst dahin getrieben. Du hast es ihr unterstellt, ohne wenn und aber. Eine Trotzreaktion? Solange es nicht zu hundert Prozent bewiesen ist, gilt die Unschuldsvermutung, oder irre ich mich in dem Punkt?«

Peter sprang auf und trat die Bilder wütend beiseite. Manfred ließ ihn gewähren, sagte kein Wort. Seine Augen verfolgten Peters Bewegungen.

»Sie hat es getan, sie hat es getan!«

Peter schrie diese Worte immer wieder, während er durch das Zimmer lief. Mit den Armen ruderte er durch die Luft und Schweiß sammelte sich auf der Stirn. Mit einer wilden Bewegung stieß er mehrere Bücher vom Tisch.

»Setz dich wieder, Peter! Beruhige dich und lass uns darüber reden.«

Peter stützte sich erschöpft mit den Händen auf dem Sessel ab, bevor er sich hineinfallen ließ. Sein Gesicht zeigte Ratlosigkeit, die seine Wut abgelöst hatte. Die geröteten Augen waren auf Manfred gerichtet.

»Was soll ich tun? Das tut so weh. Ich will nicht, dass sie mit dem Kerl ...«

»Das weißt du doch gar nicht«, unterbrach ihn Manfred, »du und dein Schnüffler, ihr unterstellt es einfach. Frag sie in Gottes Namen, frag sie selbst danach. Sie hat es verdient.«

Peter beruhigte sich allmählich, rutschte jedoch nervös auf dem Sessel herum.

»Sie wird nicht mehr mit mir darüber sprechen wollen. Ich habe ... ich habe die Scheidung eingereicht. Es ist zu spät.«

Jetzt zeigte Manfred zum ersten Mal Betroffenheit. Sein Mund öffnete sich leicht und er blickte Peter verständnislos an. Er erhob sich und setzte sich auf die Tischkante. Manfred suchte verzweifelt nach Worten, die Situation wurde langsam unübersichtlich und verfahren.

»Du hast also die für dich einzig wahre Lösung gefunden. Finde ich ganz toll. Deckel drauf und Ende. Du stößt die Frau, die du abgöttisch geliebt hast, die du eigentlich heute noch liebst, gemeinsam mit deinem kranken Jungen in einen Abgrund.«

»Ich verstoße mein Kind nicht, ich ...«, versuchte Peter sich zu rechtfertigen.

»Du verstößt beide, Peter, komm doch zu dir. Glaubst du, dass es dein Sohn verstehen würde? Kind und Mutter sind eine Einheit. Wir haben beim letzten Treffen von deiner Schuld gesprochen, du wirst dich erinnern. Jetzt, Peter, erst jetzt lädst du eine wahre Schuld auf dich, denn du lässt deine Familie genau in dem Augenblick im Stich, wo sie dich am meisten braucht. Das ist eine Tat, die du selbst steuerst, für die du verantwortlich bist. Du nimmst euch allen die letzte Möglichkeit, das Geschehene unbeschadet durchstehen zu können. Willst du es sein, der deinem Sohn deine Wahrheit mitteilt, wenn er die Augen öffnet und nach seiner Mutter fragt? Sagst du ihm dann, dass ihr euch getrennt habt, weil du glaubst ...«

Peter sprang auf und sah Manfred wütend an.

»Sag es nicht, verdammt ... sprich es nicht aus!«

»Was ist mit dir los? Hat sie, oder hat sie nicht? Du wirst doch wohl jetzt keine Zweifel daran aufkommen lassen, dass sie ...«

Peters Hände schnellten vor und umklammerten Manfreds Hemd. Wie von Sinnen begann er ihn zu schütteln. Ohne Gegenwehr ließ der das geschehen und wartete ab, bis Peter wieder losließ und vor ihm auf die Knie sank. Manfred kniete ebenfalls und hielt Peters bebenden Körper umklammert. Allmählich ließ die Anspannung nach und Peter setzte sich wieder in den Sessel. Klaus hoffte, dass Peter ihm Glauben schenken würde, als er ihm ein Versprechen gab.

»Beruhige dich, alles wird gut. Lass uns gemeinsam überlegen, was nun zu tun ist. Ich helfe dir, du bist nicht allein. Wir dürfen alle einmal Fehler machen, nur das Verharren darin ist verhängnisvoll.«

Erstversorgung

Stefan mochte den Morgen nicht. Das frühe Aufstehen bereitete ihm keinerlei Probleme, aber die so plötzlich auflebende Hektik im Krankenhausbetrieb machte ihm zu schaffen. Das Personal wechselte von Nacht- auf Frühschicht, die Ärzte übergaben an die Kollegen. In allen Gängen tauchten verschlafene Patienten auf, die ihre Morgentoilette erledigen wollten und das Hygieneteam eilte durch die Zimmer. Der Geruch von Frühstückskaffee zog durch den Aufzugschacht in die oberen Etagen und vermischte sich mit dem Dunst der Reinigungsmittel. Im gesamten Gebäude lief eine Maschinerie an, die routiniert das Ziel verfolgte, die Gesundheit der Patienten wiederherzustellen, ohne dabei die Wirtschaftlichkeit des Tuns aus den Augen zu verlieren.

Wulfert hatte die schlechte Angewohnheit, die Visite schon sehr früh anzusetzen, sodass das Ärzteteam schon häufig in den Zimmern auftauchte, während die Patienten noch bei der medizinischen Frühversorgung waren oder sogar noch auf der Toilette saßen.

Hallig hatte sich an diesem Morgen mit Doktor Merizadi über eine Patientin ausgetauscht und war spät dran. Sie hasteten durch den Gang und suchten nach der gelben Leuchte über einem der Zimmer, die ihnen anzeigte, wo sich Wulfert gerade aufhielt.

»Ich bin begeistert. Schön meine Herren, dass Sie uns die Ehre Ihrer Anwesenheit erweisen. Schwester Ziegler hat mich dankenswerterweise schon mit den nötigen Patienteninformationen versorgt. Jetzt könnten Sie ja übernehmen. Also, was hat der Test gestern bei Frau Rithörster ergeben?«

Die Endbesprechung im Schwesternzimmer zog sich unnötigerweise länger hin, da Wulfert noch Bilder seiner pummeligen Enkel herumreichte, die eigentlich niemand sehen wollte. Nach dem letzten ›Oh, sind die aber süß‹ sammelte er die Fotos mit einem zufriedenen Grinsen wieder ein und wünschte allgemein einen erfolgreichen Tag. Stefan Hallig hatte einen vollen Terminkalender und nahm mehrere Patientenakten auf, um seiner Arbeit nachzugehen, als ihn Wulfert zurückrief.

»Doktor Hallig, einen kurzen Moment noch. Machen Sie das mit Absicht? Wollen Sie mich vor der Mannschaft provozieren? Erlauben Sie sich nie mehr, zu spät zur Visite zu erscheinen.«

»Doktor Wulfert, ich konnte nicht wissen, dass Sie ausgerechnet heute zehn Minuten früher beginnen. Außerdem hatte ich mir noch eine wichtige Info bei Doktor Marizadi eingeholt.«

Wulfert trat näher an Hallig heran und sah zu ihm auf.

»Lieber Kollege, auch Sie werden irgendwann diese Zeilen gehört haben: Fünf Minuten vor der Zeit usw. Sie erinnern sich? Also, ich erwarte mein Team morgens an meiner Seite, was sollen die Patienten von uns denken?«

Ohne eine weitere Äußerung Halligs abzuwarten, lief er um den Stuhl von Schwester Riedel herum und verschwand mit wehendem Kittel im Gang.

»Spinner«, flüsterte Schwester Riedel vor sich hin, während sie weiter die Daten der Patienten im Computer aktualisierte.

Doktor Hallig folgte dem Chefarzt kurz darauf, nicht ohne lächelnd loszuwerden.

»Das habe ich gehört, Schwester Riedel.«

Der plötzlich auftretende Lärm war auch Hallig nicht entgangen. Die Geräusche kamen vom Personenaufzug, wo sich bereits vor einem Schacht eine Menschentraube gebildet hatte. Die automatische Tür fuhr immer wieder auf und wieder zu, wobei sie etwas daran hinderte, ganz zu schließen. Hallig drängte sich durch die Menge und entdeckte eine mit weißem Kittel bekleidete Person, deren Oberkörper in der Kabine und die Beine im Vorraum lag. Spontan drückte Hallig die Alarmtaste im Kabinenbereich und warf einen Blick auf den leblosen Körper. Der Schreck durchfuhr ihn, als er den Gestürzten erkannte.

Er tastete nach der Halsschlagader und legte sein Ohr an Wulferts Mund. Als er keinen Puls spürte, aber noch eine schwache Atmung, riss er sein Mobiltelefon heraus und drückte eine Kurzwahltaste.

»Befinde mich im sechsten Geschoss an den Aufzugschächten. Ein Kollege mit Herzstillstand! Sofort Hilfe aus der Kardiologie hierher schicken, bei der Echokardiologie Bescheid sagen und eine Katheteruntersuchung vorbereiten lassen! Ich beginne jetzt mit der Reanimation.«

Doktor Hallig hatte kaum seinen Rhythmus bei der Herzmassage gefunden, als im Nebenschacht ein Kollege aus der Kardiologie erschien und Hallig an die Schulter fasste.

»Ich übernehme jetzt Stefan, lass mich mal ran.«

Hallig beobachtete das Team aufmerksam, das Wulfert routiniert auf die Rettungstrage hob und mit ihm im Aufzug verschwand. Eine ältere Dame, die das Geschehen auf ihrem Rollator gestützt verfolgt hatte, näherte sich und klopfte Hallig auf den Rücken.

»Das haben Sie gut gemacht, junger Mann. Das nenne ich mal reaktionsschnell. Die anderen haben ja nur geguckt und dumm geschwatzt. Ich werde mir wohl doch so ein Ding zulegen ... so ein Handy oder wie das Teufelsding da heißt. Kann ja bestimmt nicht schaden.«

Stefan Hallig hatte die Stimme der älteren Dame wieder in die Realität zurückgeholt. Er strich ihr über die Hand und beugte sich zu ihr hinunter.

»Das, gnädige Frau, ist Routine für uns Ärzte. Der liebe Kollege hat sehr großes Glück gehabt, dass er diesen Herzstillstand hier bekam, wo ihm direkt geholfen werden konnte. Zuhause oder auf der Straße wäre das viel gefährlicher geworden. Ich werde jetzt mal in der Kariologie nach ihm sehen. Noch einen schönen Tag für Sie.«

Am Nachmittag übergab Hallig seinen Dienst an eine Kollegin und flachste einen Augenblick mit Micky herum, der wieder voller Tatendrang seinen Dienst antrat. Den ganzen Tag beschäftigte ihn die Sorge um Wulfert, obwohl er ihm noch früh am Morgen die Pest an den Hals gewünscht hatte. Die gesamte Ärzteschaft hatte nur ein Thema – Wulfert. Stefan hing gedankenverloren den Kittel in den schmalen Spind und zog sein Sakko über.

In der Kardiologie herrschte eine gespenstige Ruhe, als er das Schwesterzimmer betrat. Alfred Holzer, der auch gerade erst seinen Dienst als Bereitschaftsarzt angetreten hatte, begrüßte ihn freundlich.

»Hi, Stefan, habe schon davon gehört. Du hast deinem Chef das Leben gerettet, zumindest vorerst. Die Kollegen konnten ihn stabilisieren. Da hat der Stinksack ja noch mal Glück gehabt, dass ein Schutzengel zur Stelle war. Du bist jetzt bestimmt sein Held.«

Stefan Hallig gab seinem Kollegen spielerisch einen Klaps in den Nacken.

»So spricht man nicht über einen Patienten, und erst recht nicht über einen allseits beliebten Kollegen.

Wie konntest du eigentlich Arzt werden? Ein Zyniker in der Kardiologie ... nicht gerade aufbauend.«

Beide grinsten sich an und setzten sich. Hallig nahm dankbar den Kaffee, den ihm Holzer angeboten hatte.

»Wie geht´s ihm jetzt, war es schlimm?«

»Ich habe aus den Unterlagen sehen können, dass sie ihm zwei Stents eingesetzt haben, ziemlich nah beieinander. Da war wohl eine größere Baustelle, aber der Sack wird das überleben. Denke mal, dass du bis nach der Reha den Job von ihm übernehmen musst. Siehst du, dann hat das Ganze doch noch ein gutes Ende, zumindest für die Station. Kann mir vorstellen, dass ihr alle froh darüber seid, mal eine Zeit lang, ohne Wulfert arbeiten zu können.«

»Darüber habe ich noch gar nicht nachgedacht, Alfred. Da habe ich mir ja was Schönes eingebrockt. Kann ich mal nach ihm sehen? Ist der schon wieder ansprechbar?«

Holzer stand auf und klemmte sich eine Akte unter den Arm.

»Ich bring dich hin. Der Wulfert soll übrigens beim Eingriff vor lauter Angst gebibbert haben, das erzählen zumindest die Kollegen. Muss sowieso in das Nachbarzimmer, komm mit.«

Vorsichtig öffnete Hallig die Tür des Einzelzimmers, in dem Wulfert bei eingeschalteter Bettbeleuchtung lag und seine Krankenakte studierte. Man hatte ihm vorsichtshalber eine Urinflasche am

Bett befestigt, damit er es nicht verlassen musste. Mit einer müden Bewegung nahm er die Lesebrille ab, legte die Papiere auf die Bettdecke und betrachtete seinen Besucher.

»Sie kommen aber spät, Hallig, hatte gedacht, dass Sie schon früher nachsehen würden, was von mir übrig geblieben ist. Man hat mir berichtet, dass Sie derjenige sind, dem ich mein Leben zu verdanken habe. Da sollte ich mich wohl bei Ihnen bedanken, oder?«

Es war der Augenblick, in dem sich Hallig dafür hätte ohrfeigen können, dass er überhaupt das Zimmer betreten hatte. Konnte er überhaupt von diesem Menschen eine normale Reaktion erwarten, der als Egomane nur seinen Vorteil im Blick hatte?

»Das müssen Sie nicht, Doktor Wulfert, das Gleiche hätte ich für jeden anderen, sogar für einen Straßenhund getan. Reine Routine, reine Routine, Doktor. Ich sehe, Ihnen geht es wieder bestens, sind wieder ganz der Alte. Dann bin ich beruhigt, muss mir keine Sorgen machen und kann endlich den Feierabend genießen. Wie ein ordentlicher Pfadfinder habe ich meine heutige, gute Tat nun hinter mir.«

Stefan Hallig bemerkte die aufkommende Gesichtsröte bei Wulfert, drehte sich um und ging ruhig zu Tür.

»Hallig!« Die Stimme von Wulfert ließ ihn einen Augenblick innehalten. »Trotzdem ... danke.«

Kontaktaufnahme

Vera schrak hoch und versuchte noch das Buch aufzufangen, bevor es vom Bett auf den Boden rutschte. Sie hob es auf und betrachtete gedankenverloren das Titelbild, das ihr einen Jungen zeigte, der etwa in Patricks Alter sein musste. Der Traum machte ihr zu schaffen, der sie noch vor wenigen Augenblicken in einer für sie irrealen Welt festgehalten hatte. Sie blickte auf die Uhr und musste feststellen, dass sie bereits seit sechs Stunden an Patricks Bett verweilte. Der Rücken schmerzte, da sie über den Beinen ihres Sohnes liegend, eingeschlafen war. Als sie sich im Zimmer umsah, fiel ihr Blick auf die Scheibe, die die Sicht auf den Flur freigab. Das Gesicht der winkenden Patricia, die den Nachtdienst angetreten hatte, tauchte auf. Sie öffnete Augenblicke später die Tür und trat auf Vera zu.

»Ich habe Sie, als ich bei Dienstantritt nach Patrick sah, nicht aufwecken wollen. Das war ein so süßes Bild, wie Sie die Beine des Kleinen umfasst hielten und glücklich lächelten. Jetzt sehen Sie aber müde aus, Frau Sobier. Soll ich Ihnen einen Kaffee bringen, bevor Sie nach Hause fahren?«

»Vielen Dank, Schwester Patricia, das ist nett gemeint, aber das Bett ruft. Ich gebe ihm noch einen Kuss und verschwinde dann.«

Stumm nickte die Stationsschwester und zog sich freundlich lächelnd zurück. Vera beugte sich über

Patrick und küsste ihn auf die Stirn. Sie hatte es bisher vermieden, ihn auf den blassen Mund zu küssen, da sie befürchtete, eine Kälte dort zu spüren ... eine Kälte, vor der sie eine panische Angst verspürte. Sie strich dem Jungen über das weiche Haar und verharrte einen Augenblick. Etwas hielt sie noch am Bett des Kleinen, ließ sie nicht fort. Sie lauschte in die Leere des Zimmers und wartete darauf, Worte von ihm zu hören ... nur wenige Worte, die ihr vielleicht Hoffnung geben konnten.

... Danke Mama. Die Geschichte ist schön, die du vorgelesen hast. Die Schatten haben auch zugehört und mich in Ruhe gelassen ... jetzt kommen sie wieder zurück und schreien grässlich ... Mama, die sollen weggehen, sage denen, dass sie verschwinden sollen. Sie tun mir weh ... der Kopf tut so fürchterlich weh, wenn du weggehst. Bleib bitte hier, dann ist es nicht so schlimm ... Ich sehe sie kommen ... es werden jeden Tag mehr. Ich will das nicht mehr, ich will zurück zu euch nach Hause ... Hilf mir bitte! ...

Vera presste die Hände gegen die Schläfe, um den Druck loszuwerden, der sich dort ausbreitete. Angst ... ja, sie spürte plötzlich eine Angst, die sich durch den ganzen Körper zog. Sie drehte sich um die eigene Achse, um erkennen zu können, was sich außer ihr und Patrick noch in diesem Zimmer aufhielt, was ständig auf sie einredete, obwohl sie kein einziges Wort verstand. Die Augen suchten jeden Winkel ab. Schattengleiche Bewegungen huschten um sie herum, die sie nicht greifen konnte. Sie spürte sie nur, ohne sie zu sehen. Nur mit größter Kraftanstrengung schaffte sie es, die Tür zu öffnen und sich von außen dagegen zu lehnen. Das Herz raste und der Schweiß floß in Strömen. Allmählich verschwand der Anfall und sie beruhigte sich. Schwester Patricia verließ das Schwesternzimmer in die andere Richtung und winkte ihr noch kurz zu, bevor sie in einem Zimmer verschwand.

Auf dem Weg zum Parkplatz dachte Vera über diesen Anfall nach und nahm sich vor, die Tabletten, die ihr Stefan gegeben hatte, nun regelmäßiger einzunehmen.

... Wieder einmal hat mir dieser ganze Stress einen üblen Streich gespielt ...

Bevor sie den Wagen startete, atmete sie kräftig durch und konzentrierte sich auf die Straße.

Vera lenkte den Wagen die Auffahrt hoch und drückte zuvor auf die Fernbedienung, die das Tor hochfahren ließ. Das Summen des Motors erstarb. Sie kramte die beiden Einkaufstüten und ihre Handtasche vom Beifahrersitz. Die Fahrertür drückte sie mit dem Po zu und nahm die Fernbedienung in die Hand. Als sie auf den Abwärtsknopf drücken wollte, durchfuhr sie ein Riesenschreck. Alles, was sie zuvor in den Händen gehalten hatte, krachte auf den Garagenboden. Der Schatten des Mannes, der sich schwach gegen die Dunkelheit abzeichnete, war so unverhofft aufgetaucht, dass es ihr für einen Augenblick den Atem nahm. Der Schrei, den sie nicht zurückhalten konnte, hallte durch die Garage und musste meilenweit zu hören sein.

»Peter? Bist du das? Verdammt, was hast du dir denn dabei gedacht? Du kannst doch nicht mitten in der Nacht unangemeldet hier auftauchen und mich zu Tode erschrecken. Verdammter Mist, ich wäre fast gestorben.«

Peter Sobier war wortlos einen Schritt vor ins Licht getreten und sah Vera stumm an. Sie sah auf Anhieb, dass er leicht angetrunken war, ängstlich trat sie einen Schritt zurück.

»Ich tue dir nichts, möchte nur reden«, knurrte er vor sich hin und kam noch einen Schritt näher. »Warum hast du Angst vor mir? Habe ich dich jemals geschlagen? Was soll das jetzt? Darf ich einen Augenblick reinkommen?«

Peters Gesicht zeigte leichte Verärgerung, als sich Vera mit der Antwort Zeit ließ. Er hob die Fernbedienung auf und schloss das Garagentor. Gleichzeitig nahm er die Tüten und ihre Tasche auf, die er Vera anreichte. Seine Ledermappe, die er mitführte, klemmte er sich unter den Arm. Vorsichtig nahm sie die Tasche entgegen und drehte sich zur

Durchgangstür, um diese aufzuschließen. Zögernd folgte ihr Peter, der sich in der Küche umsah und den Weg ins Wohnzimmer wählte.

»Kann ich ... kann ich dir was anbieten? Wasser, Limo? Habe nichts Alkoholisches im Haus.«

Vera war sich darüber im Klaren, dass sich Peter sehr gut an den Weinvorrat im Keller erinnerte, den sie seit seinem Auszug nicht mehr angerührt hatte. Auf keinen Fall wollte sie seinen angetrunkenen Zustand noch verschlimmern.

»Nichts, ich will nichts ... will nur mit dir reden.«

»Ich hole mir eine Limo, dann kannst du reden. Du hast dir nur einen schlechten Zeitpunkt gewählt, ich bin sehr müde heute. Aber erzähl, was dir wichtig erscheint.«

Vera ließ sich mit dem Fruchtsaftgetränk auf der anderen Seite des Tisches auf die Couch fallen und nippte am Glas. Erwartungsvoll richteten sich ihre Augen auf den Mann, den sie einmal abgöttisch geliebt hatte. Er wirkte gebrochen, nichts erinnerte an den Mann, der selbstsicher und mit einer gewissen Arroganz ausgestattet, die Mädchenherzen betört hatte. Sein leerer Blick ließ sie erschauern. Mit fahrigen Bewegungen schob er die Ledermappe hin und her und suchte nach Worten.

»Peter komm, reiß dich zusammen. Ich sagte dir bereits, dass ich einen schlimmen Tag hinter mir habe, ich will ins Bett. Was möchtest du mir noch antun?«

Peter Sobier öffnete mit zittrigen Fingern den Verschluss seiner Ledermappe und entnahm ihr einen Umschlag, aus dem er mehrere Fotos fingerte. Vorsichtig fächerte er sie auf dem Tisch und sah Vera mit Verzweiflung in den Augen an.

»Was ist passiert? Warum musstest du mir das antun? Warum ausgerechnet mit dem Typen, der unseren Sohn behandelt, der ihn zu uns zurückbringen soll? Ich verstehe dich einfach nicht.«

Vera starrte auf die Aufnahmen, die sie und Stefan in ihrem Wohnzimmer zeigten. Das Blut stockte in ihren Adern, als sie Einzelheiten erkannte, nachdem sie die Bilder zögernd aufgenommen hatte. Sie konnte sich kaum noch an diesen Abend erinnern und hatte ihn eigentlich aus dem Gedächtnis verbannt. Ein Abend, auf den sie nicht unbedingt stolz war, aber es war doch nichts geschehen ... nichts, dessen sie sich schämen müsste.

Sie versuchte, die Nerven zu behalten und Ruhe zu bewahren, was ihr jedoch nur für einen kurzen Augenblick gelang. Peter versuchte, noch auszuweichen, bevor ihm die Fotos um die Ohren flogen; dem Limoglas, das sie ihm an den Kopf warf, konnte er nicht mehr entgehen. Die dünne Stirnhaut platzte auf und ein Blutrinnsal ergoss sich über Peters Gesicht. Spontan griff er sich an die Wunde und verrieb dadurch das austretende Blut über das gesamte Gesicht. Vera zuckte nur einen Augenblick zurück, um sich dann jedoch um den Tisch herum auf Peter zu stürzen. Völlig außer Kontrolle geraten, warf sie sich ihrem Mann, der zwischenzeitlich aufgestanden war, entgegen. Wie von Sinnen trommelte sie ihre kleinen Fäuste gegen seine Brust.

»Du Schwein. Du hast es tatsächlich gewagt, mich in meinem Haus bespitzeln zu lassen. Du wolltest sicher gehen, dass die Lügengeschichten von diesem dreckigen Wulfert auch der Wahrheit entsprechen. Welcher Teufel hat dich geritten? Jetzt hast du ja die Beweise dafür, dass deine Frau eine Nutte ist ... die treibt es mit jedem ... mit jedem, du Dreckskerl. Ich hasse dich dafür so sehr.«

Die letzten Worte wurden von einem heftigen Weinkrampf erstickt, der sie durchschüttelte. Kraftlos brach sie zusammen und sackte in Peters Arme. Er fing sie auf und legte Vera behutsam auf das Sofa. Die Trunkenheit war augenblicklich von ihm gewichen. Er eilte in die Küche und erschien kurz darauf mit einem nassen Tuch, das er ihr auf die heiße Stirn legte. Sie drückte es mit beiden Händen auf das Gesicht und schluchzte haltlos hinein. Peter kniete hilflos neben ihr und wusste nicht, wie er diesen bebenden Körper wieder beruhigen sollte. Veras leise Bitte ließ ihn erstarren.

»Bitte geh jetzt, ich möchte allein sein. Du hast mir genug angetan ... geh!«

»Nein, ich werde nicht gehen. Ich bin schon einmal gegangen, ohne dass wir geredet haben, ich möchte das nicht noch mal erleben. Ich muss heute

Klarheit haben. Ich muss wissen, ob zwischen uns alles kaputt ist. Du bist mir das schuldig, Vera.«

Sie riss sich das Tuch vom Gesicht und blickte verständnislos in das blutverschmierte Gesicht über ihr.

»Ich bin dir das schuldig? Hast du das wirklich gerade gesagt? Du lässt mir ohne jedes Vorgespräch die Scheidungspapiere zustellen, säufst dich in deinem Selbstmitleid fast zu Tode ... und ich bin dir etwas schuldig? Hast du jetzt völlig den Verstand verloren?«

Peters Augen suchten den Boden ab, seine Hände krallten sich in dem Foto fest, das Vera nackt in den Armen Halligs zeigte.

»Dazu bist du mir etwas schuldig, ja, das bist du. Was ist an diesem Abend geschehen? Oder willst du mir erklären, dass er bei dir einen Gesundheitscheck per Hausbesuch gemacht hat. Sag mir jetzt, verdammt noch mal, was zwischen euch war. Habt ihr gevögelt oder nicht?«

»Haben wir nicht ... nein, das haben wir nicht, obwohl ich es wollte. Jawohl, ich wollte es tatsächlich mit ihm treiben. Er war der einzige Mensch, der in meiner Nähe war, als es mir beschissen ging. Ja, er war nett, er hat mir sehr geholfen ... aber er wollte es nicht. Er hat die ganze Nacht bei mir gesessen, ohne mich anzufassen. Das musst du glauben, einfach glauben. Du warst nicht da, als ich jemanden brauchte, du hast dich lieber an der Weinflasche festgehalten.«

Vera drehte sich von ihm ab und weinte in das Kissen. Peter hielt seine Hand über ihr Haar und war sich nicht schlüssig, wie er mit dieser Situation umgehen sollte. Schließlich senkte er die Hand und strich über Veras Haar. Ohne Gegenwehr ließ sie es zu, dass er sein Gesicht in ihr Haar drückte und ebenfalls weinte.

»Es tut mir unendlich leid, dass alles so gekommen ist. Das habe ich nicht gewollt. Ich weiß einfach nicht mehr weiter und will dich nicht verlieren. Ich will dich, verdammt noch mal nicht verlieren. Können wir es nicht versuchen, ich meine, das Ganze wieder ...«

Er hatte die Worte in Veras Mähne gesprochen und unterbrach, als sie sich umdrehte. Ängstlich erwartete er ihre Reaktion.

Die Ohrfeige kam trotzdem völlig unerwartet. Er zuckte erschrocken zurück und bemerkte, dass sich ihr Gesicht dem seinen näherte. Ihre Lippen pressten sich wie eine Ertrinkende auf seine, ihre Hand hatte sich in seinem Nacken verkrallt.

Vera öffnete ihre Augen. Lange betrachtete sie den Mann, den sie noch gestern in die tiefste Hölle gewünscht hatte. Die ersten Sonnenstrahlen blinzelten durch die Jalousie und trafen auf Peters Gesicht. Sie war sich immer noch nicht darüber im Klaren, ob sie ihm jemals dieses Misstrauen verzeihen konnte, obwohl sie zugeben musste, dass es zeitweise auch begründet war. Sie hatte den ersten Schritt bereits getan und nur der feste Charakter Halligs hat sie vor Schlimmerem bewahrt. Jetzt, wo Peter geduscht und ausgeschlafen war, entdeckte sie wieder das an ihm, was sie schon immer fasziniert hatte. Sie erwischte sich dabei, diese beiden Männer zu vergleichen, und musste feststellen, dass sie vor einer unlösbaren Aufgabe stand. Sie kannte Hallig nicht gut genug, Peter schon.

»Woran denkst du, Schatz?« Vera hatte das Blinzeln übersehen und erschrak bei seinen Worten.

»Ach nichts weiter, hing nur so meinen Gedanken nach. Könntest du dir vorstellen, wie schön es wäre, wenn Patrick jetzt bei uns wäre und wir gemeinsam Ausflüge planen könnten?«

Peter schloss die Augen wieder und drehte sich auf die andere Seite.

»Entschuldige bitte, ich habe nur so geträumt und wollte dich nicht wieder runterziehen. Wir werden das alles irgendwann nachholen, du wirst schon sehen.«

Vera umarmte Peter und legte den Kopf an seine Schulter. Sie spürte, dass er gerade in diesem Augenblick wieder völlig verspannt dalag und seine Schuldgefühle hochkamen. Entsetzt vernahm sie seine geflüsterten Worte.

»Glaubst du wirklich noch daran, dass wir ihn jemals zurückbekommen? Vera, ich muss gestehen, dass meine Hoffnung mit jedem weiteren Tag dahinschmilzt. Es ist auch nicht der Hauch einer

Besserung zu sehen, nicht ein Lidzucken. Er ist irgendwo, nur nicht mehr bei uns. Ab und zu, wenn ich an seinem Bett gesessen habe, glaubte ich, dass da irgendwas ist, er mir was sagen möchte. Doch seine Lippen bleiben geschlossen, wie die eines Toten.«

Vera hatte still zugehört, sprang jedoch bei den letzten Worten auf und schlug verzweifelt und schwach auf Peter ein.

»Sage das nie wieder, benutze nie wieder dieses Wort, wenn du über den Kleinen sprichst. Er kommt zurück, wir müssen Geduld haben.«

Peter nahm sie zärtlich in den Arm und küsste ihr die Tränen von den Wangen, die aber immer wieder nachströmten. Er konnte sie verstehen, denn auch er hatte bisher immer daran geglaubt, dass ihr Junge wieder die Augen öffnen würde. Die Wahrheit blieb vorerst Gottes Geheimnis.

Gemeinsamer Besuch

Schwester Patricia riss erschrocken die Augen auf, als sie um die Flurecke bog und fast mit Familie Sobier zusammengestoßen wäre. Peter wich der agilen Frau mit einem eleganten Sidestep aus.

»Oje, das ist ja gerade noch mal gut gegangen«, entschuldigte sich Frau Ziegler. »Schön, Sie beide gemeinsam zu sehen, das war Ihnen ja wohl in der letzten Zeit kaum möglich. Patrick haben wir gerade versorgt, er duftet jetzt wieder frisch. Doktor Hallig ist noch im Augenblick bei ihm. Gehen Sie nur rein.«

Schwester Patricia fiel zwar auf, dass Peter Sobier stutzte und nervös wirkte, dachte sich jedoch nichts weiter dabei. Sie klemmte sich die Patientenakte fester unter den Arm und eilte davon. Vera hakte sich bei Peter unter und schob ihn Richtung Zimmer.

»Peter, es musste einmal so kommen, da müssen wir jetzt durch. Ich habe dir doch erklärt, was war. Du kannst Doktor Hallig auch nicht den geringsten Vorwurf machen, er hat sich wie ein wahrer Gentleman benommen. Alles war meine Schuld, ich war nicht Herr meiner Sinne. Lass uns jetzt unseren Sohn besuchen, er wird bestimmt schon warten. Bedenke, wie lange es her ist, dass er uns beide zusammen hatte. Komm jetzt, Hallig ist ein netter Mensch.«

Doktor Hallig ließ Patricks Augenlid wieder los und steckte die kleine Stablampe in die Tasche, als sich die Tür öffnete. Mit diesem Besuch hatte er um diese Zeit nicht gerechnet, sodass er verwundert aufschaute. Etwas verunsichert kam er den beiden entgegen und streckte Vera die Hand zur Begrüßung entgegen. Bei Peter stockte er einen kleinen Augenblick.

»Ich freue mich sehr darüber, Sie beide gemeinsam hier zu sehen. Patrick wird ...«

»Herr Hallig,« unterbrach ihn Peter, »ich möchte mich bei Ihnen entschuldigen. Ich habe völlig überzogen und voreilig reagiert, als ich die Lügengeschichten Ihres Chefarztes zu Gehör bekam. Ich habe Ihnen unlautere Absichten unterstellt, das tut mir leid.«

Stefan Hallig wirkte zum ersten Mal unsicher und konsterniert. Sein Blick wanderte zu Vera, die ratlos die Schultern hochzog und ihren Mann von der Seite betrachtete.

»Herr Sobier, Sie müssen sich bei mir für nichts entschuldigen, Sie sind mir nie zu nahe getreten.«

»Trotzdem, Doktor Hallig. Es wäre mir übrigens eine Ehre, wenn Sie Peter sagen würden. Meine Frau sagte mir, dass Sie beide schon beim vertraulichen Du waren, was ich auch für die Zukunft gerne sehen würde. Da wäre es schon komisch, wenn wir beide dann ...«

Stefan Hallig zeigte jetzt sein unwiderstehliches Lächeln und streckte Peter die Hand entgegen.

»Ich fühle mich geehrt ... Peter ... ich heiße Stefan. Du kannst mir glauben, dass ich überglücklich darüber bin, dass ihr zwei wieder zusammen seid. Habt ihr davon gehört, was Wulfert passiert ist?«

Peter und Vera sahen sich verdutzt an und schüttelten gleichzeitig die Köpfe.

»Ich habe ihn vor Tagen zufällig gefunden, als er hilflos nach einem Herzanfall in der Aufzugtür lag. Wir konnten ihn stabilisieren, sodass er sich jetzt wieder auf dem Weg der Besserung befindet. Wenn er aus der Reha zurückkommt, ...«

»... wird ihn hoffentlich die Hölle holen«, konnte sich Vera nicht verkneifen. »Entschuldigt, aber das musste einfach raus, der hat nur seine gerechte Strafe bekommen.«

»Vera, was soll der Junge von uns denken? So kenne ich dich gar nicht.«

Peter zwinkerte Stefan zu und sah Vera vorwurfsvoll an. Das Lächeln konnte er nicht restlos unterdrücken. Er wandte sich wieder an Stefan.

»Wenn das hier alles vorbei ist, würden wir uns sehr darüber freuen, wenn du uns besuchen würdest. Wir, vor allen Dingen Patrick und Vera, haben dir viel zu verdanken. Und diesen Micky darfst du auch gerne mitbringen.«

Stefan wirkte gerührt und legte beiden einen Arm auf die Schulter.

»Lasst uns jetzt erst einmal an den Kleinen denken, trotzdem werde ich diese Einladung gerne annehmen. Ich lasse euch jetzt mit ihm alleine, er wird sich sicher über die ganze Enwicklung freuen.«

Hallig verließ den Raum und genoß die herzliche Umarmung Veras. Er konnte allerdings nicht verhehlen, dass ihn diese Frau in ihren Bann gezogen hatte.

... Mama, Papa ... Worüber habt ihr gesprochen? Wofür habt ihr euch bedankt bei dem Doktor? Toll, dass ihr zusammen gekommen seid ... Erzählt mal, wie es zuhause ist, wie schön der Garten geworden ist ... Geht weg da ... warum lacht ihr so grässlich? Tut mir bitte nicht weh, geht weg, haut ab! ... Papa, sag, dass die abhauen sollen, die Schatten wollen immer in meinen Kopf und das tut so weh ... Ich halte das nicht mehr lange aus ...

Wieder war es da, dieses Vibrieren der Luft, diese plötzliche Kälte, die beide spürten. Vera zog ein kalter Schauer über den Rücken, als sie glaubte, Stimmen gehört zu haben ... mehr ein grässliches Lachen, das durch den Raum hallte. Sie verstand keine zusammenhängenden Worte, dennoch verspürte sie aufkeimende Angst. Sie klammerte sich an Peter, der ihr Zittern spürte.

Gleichzeitig überkam ihn das sichere Gefühl, klar und deutlich Hilferufe gehört zu haben. Irritiert sah er runter auf Vera, die ihr Gesicht an seine Schulter gepresst hatte. Da waren diese krächzenden, bedrohlich klingenden Geräusche, die alles in seinem Kopf übertönten. Fröstelnd zog er die Schultern zusammen und steuerte mit Vera im Arm den Stuhl am Kopfende an. Er selbst stellte sich ans Fußende und konzentrierte sich auf Patricks Gesicht.

»Spürst du ihn auch?«

Veras Stimme riss ihn aus seinen Gedanken.

»Was ... was hast du gesagt, Liebes? Ich war gerade mit meinen Gedanken woanders.«

Peter löste sich von Patricks Gesicht und sah in die ängstlichen Augen Veras.

»Du hörst ihn auch, du weißt, dass er mit uns spricht. Was sagt er, bitte hilf mir, ich verstehe ihn nicht. Ich muss wissen, ob er Schmerzen hat, ob er leidet. Bitte Peter.«

Vera war wieder aufgestanden und stand neben Peter, während sie mit einer Hand Patricks Bein knetete. Flehentlich sah sie Peter an und ihr Zittern verstärkte sich. Vorsichtig nahm er ihren Arm von Patricks Bein.

»Du tust dem Kleinen weh, Schatz. Wie kommst du darauf, dass ich etwas höre, was sollte das sein? Du zitterst ja am ganzen Körper, konntest du denn was spüren? Sag es mir, wenn du ihn hörst. Ich will es unbedingt wissen, du darfst es nicht verheimlichen.

Ich muss ihm doch helfen, er darf nicht leiden. Das könnte ich nicht ertragen.«

Vera sah die Verzweiflung, aber auch Hoffnung in seinen Augen. Sie schüttelte schwach den Kopf und Wut kam in ihr auf, während das Wasser in ihre Augen schoss. Sie griff an Peters Revers und schüttelte ihn.

»Du würdest es mir doch sagen, oder? Ich bringe dich um, wenn du es mir verheimlichst. Ich will mit meinem Jungen sprechen ... jetzt ... sofort. Da war doch etwas und du hast es auch gespürt, das willst du doch wohl nicht abstreiten, oder? Was hat er dir gesagt, hat er von mir gesprochen?«

»Vera, bitte sei vernünftig. Ja, da war etwas, aber ich habe es nicht verstanden. Da waren nur krächzende Geräusche und noch etwas ... ich weiß es nicht. Werden wir jetzt langsam verrückt, sehen und hören wir Gespenster? Patrick kann es nicht gewesen sein, seine Lippen haben sich nicht einen Millimeter bewegt. Wir steigern uns da in etwas hinein, das es nicht geben kann. Wir sollten das nicht überbewerten und vielleicht Stefan dazu fragen. Der müsste sich doch auskennen.«

»Patrick hat mit uns geredet, davon wirst du mich nicht abbringen. Mein Kind möchte mir was sagen, da bin ich mir sicher.«

Trotzig nahm sie den Jungen in den Arm und legte ihren Kopf auf seine Brust. Peter konnte sie verstehen. Gerne hätte er ihr die Wahrheit gesagt, doch wusste er nicht, wie es sich auf ihre Psyche ausgewirkt hätte. Er selbst konnte kaum glauben, dass sich hier in diesem Raum etwas Unvorstellbares abspielen könnte. Er wollte sich erst absolut sicher sein, bevor er eventuell großen Schaden bei Vera anrichtete. Die Tür öffnete sich einen Spalt und zeigte das von wüsten Rasterlocken umrahmte Gesicht von Micky.

»Hi, die ganze Familie Sobier ... ein großer Tag. Möchte nicht lange stören, wollte nur sagen, dass wir das zweite Buch, das von Tom Sawyer, auch schon durchhaben. Habe ihm gestern, den Rest vorgelesen. Also, Nachschub muss her.«

Veras Stimme stoppte ihn, bevor er den Kopf zurückziehen konnte.

»Micky, hätten Sie eine Sekunde für uns?«

»Vera, bitte lass das. Mach hier nicht die Pferde scheu, lass uns doch erst darüber reden.«

Peter ging auf sie zu und wollte sie wieder zum Bett holen. Sie schob ihn resolut zur Seite.

»Ich will darüber reden ... jetzt. Davon wirst du mich nicht abbringen. Micky, kommen Sie doch kurz zu mir. Haben Sie in der letzten Zeit eine Veränderung an Patrick bemerkt. Nein besser gesagt, haben Sie eine Veränderung in diesem Raum bemerkt?«

Das Lächeln auf Mickys Gesicht erstarb und machte einer gewissen Ratlosigkeit Platz. Bevor er antwortete, fiel sein Blick auf Peter, der unmerklich den Kopf schüttelte.

»Ich weiß nicht, was Sie damit meinen, Frau Sobier.«

»Meine Frau meint, ob ...«

»Ich kann sehr gut selbst für mich sprechen, Peter.«

Vera wandte sich wieder an Micky.

»Ich meine, ob Patrick jemals zu Ihnen gesprochen hat, ob Sie diese besondere Atmosphäre des Raumes gespürt haben? Und bitte, lügen Sie mich nicht an.«

Micky war anzusehen, dass er nicht wusste, wie er sich richtig verhalten sollte. Er trat von einem Bein auf das andere.

»Micky, kannst du bitte sofort kommen? Auf Zimmer zwölf hat es ein kleines Problem mit Herrn Schober gegeben, du weißt schon ... der konnte vorhin nicht aufs Klo. Tut mir leid, danach könne Sie den Süßen wiederhaben.«

Schwester Patricia zog den Kopf wieder aus dem Türspalt und eilte den Gang entlang. Micky hob entschuldigend die Schultern und beeilte sich, ihr zu folgen.

»Liebling, war das gerade wirklich nötig. Warum müssen wir unbedingt Außenstehende hineinziehen? Wir sollten erst sicher sein.«

Peter hatte diese Worte leise an Vera gerichtet und schreckte zurück, als sie aufgebracht darauf reagierte.

»Außenstehende? Micky, ein Außenstehender? Der kümmert sich mehr um den Jungen, als wir beide zusammen. Der kennt ihn besser als wir. Und ... davon lasse ich mich nicht abbringen ... der weiß etwas, das habe ich gespürt.«

... Helft mir bitte. Sie kommen wieder. Die Schatten haben gelauscht, das weiß ich. Überall sind sie und ziehen an mir, wollen mir wehtun ... Das soll aufhören, Papa. Du weißt das doch, hilf mir ... ich kann nicht mehr ... und diese Dunkelheit ... sie soll aufhören, ich will euch wieder sehen können ...

»Ich muss dem Jungen helfen, ich spüre das. Er ruft aus der Dunkelheit. Bitte Peter, was sagt er? Verdammt, du kannst es nicht einfach für dich behalten. Es war wieder da, nicht wahr? Er wollte uns erreichen.«

Peter antwortete ihr nicht. Er saß mit fest zusammengepressten Lippen da, die Tränen rannen ihm über das Gesicht.

Mickys Geheimnis

»Ich glaube, die haben was gemerkt, Kumpel. Was ist los, geht es dir nicht besonders? Brauchst du Hilfe? Verdammt, warum kannst du darüber aber auch nicht sprechen. Alles Scheiße ... oh, Entschuldigung. Du, ich muss noch bis heute Mittag auf der Station helfen, dann lese ich dir was vor und erzähl dir die Medizinmann-Geschichte aus Mozambique weiter.«

Micky rieb währenddessen Patricks Gliedmaßen mit einer Körperemulsion ein. Im Oberkörperbereich nahm er dazu Franzbranntwein. Nachdem er seinen kleinen Patienten auf die rechte Seite platziert hatte, zog er ihm das dünne Laken über den Körper und lauschte still.

... Micky, bleib hier, bitte. Ich brauche dich. Die ziehen mich in ein dunkles Loch und schreien ... Da ist irgendwas in diesem Loch, was mir Angst macht ... Ich will nicht dorthin ... N e i n ...

Micky spürte schon lange, dass dieser Junge eine Verbindung zur realen Welt suchte und dringend Hilfe benötigte. Er spürte eine Bedrohung, hatte vielleicht starke Schmerzen. Nur was ihn tatsächlich bedrängte, blieb ihm verschlossen. Die Luft war aufgeladen, die Stimmen waren wieder da. Er konnte nichts klar verstehen, meinte jedoch das Wort Hilfe herausgehört zu haben. Still verharrte er neben dem Bett und versuchte, die Quelle auszumachen. Immer wieder glaubte er, das Zentrum über Patrick auszumachen. Der Junge lag mit dem Rücken zu ihm. Im Spiegelbild des Fensters sah er, dass die Augen des Jungen geschlossen waren, nichts verriet eine Regung.

»Micky? Was ist mit Ihnen? Geht es Ihnen nicht gut?«

Doktor Hallig, der zwischenzeitlich das Zimmer betreten hatte, stieß den Pfleger an.

»Sie sehen seltsam, so entrückt aus, ist was mit dem Kleinen? Verdammt reden Sie endlich!«

Micky war zusammengezuckt und zitterte leicht. Er blickte Hallig an und nickte zögernd.

»Doktor, da ist tatsächlich was. Fragen Sie mich bitte nicht, ob ich es erklären kann ... Geht nicht, es ist einfach da, dieses Vibrieren in der Luft und ... Stimmen.«

Stefan Hallig zog Micky auf einen Stuhl und setzte sich ihm gegenüber.

»Was sagen diese Stimmen zu Ihnen, was meinen Sie mit Vibrieren?«

»Sie sprechen zwar, aber es ist nicht zu verstehen ... nur ...«

»Was nur, raus damit, Micky. Lassen Sie sich nicht jedes Wort aus der Nase ziehen.«

Er hatte keine Vorstellung davon, wie er sein Gefühl beschreiben sollte, denn mehr war es ja nicht.

»Ich habe gespürt, dass etwas mit mir reden will. Ich glaube, dass die Sobiers das ebenfalls wissen. Sie haben mich schon danach gefragt. Spüren Sie nicht selbst, dass es hier drin kälter geworden ist und eine gewisse Spannung da ist?«

Hallig sah Micky verwundert an und sah sich um.

»Nichts ist hier anders als in den anderen Räumen, Sie müssen sich irren. Sie steigern sich da in etwas rein. Der Junge liegt im Koma und wird nach meinem Dafürhalten wohl nie mehr daraus erwachen. Bitte halten Sie sich diesbezüglich aber bei der Familie zurück.«

Micky saß stocksteif auf seinem Stuhl. Seine Augen hatte er ungläubig auf Hallig gerichtet.

»Sie meinen ... Er wird nie mehr ... Der Kleine kann niemals wieder mit anderen Kindern spielen? Das kann einfach nicht sein, das darf nicht sein. Dann ist er doch ein ... ein lebender Toter. Sie irren sich Doktor Hallig, Sie müssen sich irren. Ich spüre, dass er lebt, dass er raus möchte aus dieser finsteren Welt. Dabei müssen wir ihm helfen, er ist doch noch so jung und hat ein langes Leben vor sich.«

»Glauben Sie, dass es mir Freude bereitet, wenn ich den Angehörigen solche Nachrichten überbringen muss, was ich in diesem Fall jedoch nicht tun werde. Ohne Hoffnung auf ihren Sohn, sind die beiden Sobiergs verloren. Sie würden daran zerbrechen. Ich werde sie auch weiterhin im Unklaren lassen und vertrösten. Das bin ich diesem Jungen schuldig. Aber sehen Sie doch, Micky, er schlägt auf keinerlei Reize an, er ist nur noch eine menschliche Hülle, die wir am Leben erhalten. Und das auch nur, weil es uns das Gesetz vorschreibt. Mal ehrlich, möchten Sie in diesem Fall entscheiden, ob er so weiterleben soll oder ob wir abschalten? Ich kann diese Frage nicht beantworten. Jetzt stellen Sie sich einmal vor, wir würden die Eltern vor diese Entscheidung stellen.«

... Was sagt der Doktor da? Ich werde immer bei diesen grässlichen Schatten leben müssen? ... Das will ich nicht. Papa wird mir bestimmt helfen und mich hier wieder rausholen. Das hat er mir versprochen bei seinem Indianerehrenwort ... Er lässt mich nicht leiden, nicht mein Papa. ... A u a h h h h, geht weg, haut bloß ab ...

Micky hielt inne und konzentrierte sich auf die Stimme. Sie war wieder da, jetzt sogar deutlicher. Ein Schmerzensschrei, das Wort Papa und die beiden Worte geht weg. Er irrte sich diesmal nicht. Patrick war das, da war er sich absolut sicher. Doch was waren das für fürchterliche Geräusche, dieses Kreischen? Mit wem hatte es der Kleine zu tun? Liebend gern wäre er in diese, Patricks Welt eingetaucht und hätte den Jungen aus der Not befreit. Hilflos saß er hier bei einem Arzt, der nicht bereit war, dieses Unglaubliche zu akzeptieren. Er fand einfach keine Lösung für seinen kleinen Freund, die ihn von seinen Qualen erlösen konnte, außer ...

Micky wurde von Hallig intensiv beobachtet, der nun näher heranrückte und dessen Puls fühlte. Sofort spürte er, dass dieser stark erhöht war und Micky außerordentlich angespannt war. Erste Zweifel kamen bei ihm auf, ob an der Geschichte nicht doch etwas Wahres sein konnte, so unwirklich sie auch klang.

»Was hören Sie? Sind es wieder diese Stimmen von vorher? Was sagen sie?«

Micky hob die Hand und zeigte damit an, dass Hallig schweigen sollte. Konzentriert horchte er in den Raum.

»Ein Kind weint fürchterlich, schreit immer wieder um Hilfe. Ich verstehe immer wieder das Wort Schmerzen. Scheiße, wir müssen dem Kleinen helfen, Doktor Hallig, was sollen wir tun? Das kann doch so nicht weitergehen. Patrick leidet.«

»Ich bemühe mich ja, möchte Ihnen glauben, dass Sie etwas hören. Doch verstehen Sie mich auch, ich höre nichts. Was soll ich denn Ihrer Meinung nach tun? Was hier Ihrer Meinung nach geschieht, gehört absolut nicht in mein Fachgebiet. Ihnen müsste ich jetzt eine Schizophrenie unterstellen, was ich aber nicht tun werde. Halluzinationen zu erleben ist gar nicht so selten, wie Sie annehmen möchten. Etwa zehn Prozent aller Menschen haben schon fremde Stimmen gehört. Das ist eine weitverbreitete Psychose. In Ihrem Fall bin ich unsicher, da Sie behaupten, die Stimme unseres kleinen Patienten zu hören. Erwähnten Sie nicht vorhin, dass die Sobiers das ebenfalls hören?«

Während er das fragte, war sein Blick fortwährend auf Patrick gerichtet. Wenn er auf telepathischer Ebene mit bestimmten Personen kommunizieren konnte, bestand noch ein Rest an Hoffnung, dass er zurückfinden könnte. Allerdings machte ihm Sorgen, dass der Kleine von großen Schmerzen geplagt wurde.

»Können wir ihm keine Schmerzmittel geben, Doktor Hallig?«

Micky war völlig aufgedreht und lief um das Bett herum. Er kniete vor dem Bett und streichelte Patricks Gesicht.

»Das ist ja nicht auszuhalten, dass dieses Kind leidet. Er kann uns nicht einmal sagen, wo diese Schmerzen sind. Verdammt, verdammt.«

»Sehen Sie Micky. Genau das ist unser Problem. Wir wissen es nicht und können deshalb überhaupt nicht beurteilen, wo wir ansetzen müssen. Ich kann ihm nicht irgendwas spritzen, da ich nicht weiß, wo der Schmerz seinen Ursprung hat. Weiterhin besteht die Möglichkeit, dass es ein rein psychischer Schmerz oder schlimme Träume sind. Bleiben Sie noch bei ihm. Vielleicht können Sie noch Näheres herausfinden. Ich muss mich jetzt noch um zwei Patienten kümmern. Ich sage Schwester Erika Bescheid, dass sie Ihre Aufgaben ausnahmsweise mit übernehmen soll. Halten Sie mich unbedingt auf dem Laufenden.«

Micky nickte und nahm die kleine Hand des Jungen fester. Er sollte spüren, dass da Jemand war und ihm zuhörte.

... Danke Micky, sie haben Angst vor dir und hauen ab. Das ist so schön. Nur diese schreckliche Dunkelheit ... Kannst du die auch noch wegzaubern, du bist doch so stark ... Papa muss kommen, der kann mich hören. Er hat versprochen, dass er mir auf jeden Fall helfen will. Der ist auch ganz stark und wird die Schatten besiegen, so wie Huckleberry seine Gegner auch besiegt hat ... Ich will diese Schmerzen nicht mehr haben, wenn sie zurückkommen ...

»Bitte, bitte, lieber Gott, gib dem Kleinen Kraft und beschütze ihn. Nimm ihm die Schmerzen oder zeige mir, wie ich sie ihm nehmen kann. Du bist allmächtig, zeige ihm deine Gnade. Lass mich sonst an seine Stelle treten, aber verschone diese unschuldige Seele.«

Die letzten Worte verschwammen, als Micky seinen Kopf auf die Bettdecke presste. Schwarze Rasterlocken verteilten sich um Patricks dünnen Arm.

Anruf von Klaus

Vera fiel fast die Tasse aus der Hand, als das Telefon klingelte. Hastig schrie sie in den Hörer: »Ja, was ist?«

»Hallo Vera, hier ist Klaus, wie geht ...?«

Vera warf enttäuscht den Hörer auf den Tisch.

»Peter, dein Partner ist am Telefon. Kannst du bitte kommen?«

Seit Stunden saß Peter still auf der Couch. Nun legte er die Urlaubsbilder zur Seite, wischte sich die Augen trocken und kam in die Küche.

»Könntet ihr euch bitte im Wohnzimmer unterhalten? Ich habe hier noch zu tun.«

Peter suchte das Mobilteil zwischen dem Geschirr und verschwand.

»Was ist mit Vera los? Ich denke, ihr habt euch wieder versöhnt.«

»Wir ja, Klaus, aber dir nimmt sie es immer noch übel, dass du mich nicht von der Aktion abgehalten hast. Aber das wird schon. Was gibt es?«

Nach einer kurzen Pause meldete sich eine enttäuschte Stimme.

»Verdammt, was hätte ich tun sollen? Da waren die Bilder. Du hast mich ja erst viel später informiert, dass du den Schnüffler beauftragt hast. Jetzt bin ich wieder an allem Schuld, danke Partner. Hast du es ihr nicht erklärt?«

»Anderes Thema, Klaus. Warum hast du angerufen?«

»Verdammt, ich wollte von euch wissen, was mein Patenkind macht. Das werde ich doch wohl noch dürfen, oder? Bin ich jetzt der böse Onkel, mit dem man nicht mehr spricht?«

Peter ließ sich mit der Antwort Zeit.

»Klaus, ich weiß sehr wohl dass du sein Patenonkel bist und dass dich Patrick verehrt. Aber einen Vorwurf kann ich dir nicht ersparen. Der Junge liegt jetzt seit ungefähr acht Monaten im Koma. Hast du ihn auch nur ein einziges Mal besucht? Hast du auch nur einmal den Mut aufgebracht, dir seine leblose Hülle anzusehen ... Patenonkel? Hallo, bist du noch da? Glaubst du wirklich, dass du durch einen Anruf hier und da, deinen Pflichten als Pate nachgekommen bist? Scheiße, jetzt sag mal was. Du bist doch sonst so wortgewandt.«

Klaus räusperte sich und es war zu hören, dass er sich die Nase schnäuzte, um Zeit zu gewinnen. Seine Stimme war merklich leiser, als er antwortete.

»Du hast recht, ich gebe es zu. Es gibt dazu auch keine Entschuldigung, ich habe Mist gebaut und ich hatte ... ich hatte Angst. Könnt ihr mir das verzeihen?«

»Wir müssen dir das nicht verzeihen, allerdings nehmen wir dir das Übel, zugegeben. Patrick musst du um Verzeihung bitten, der hätte seinen Patenonkel sicher gerne am Bett gehabt.«

Nach kurzem Zögern meldete sich Klaus kleinlaut.

»Das soll auf keinen Fall eine Rechtfertigung für mein Tun sein, aber er hätte es doch gar nicht gemerkt, wenn ich dagewesen wäre. Es wäre doch lediglich eine Geste euch gegenüber gewesen.«

Peter griff den Hörer fester und atmete tief durch.

»Ich muss es dir einmal sagen. Manchmal bist du ein beschissenes Arschloch. Wenn du das jetzt in Zusammenhang mit einem Grabbesuch angeführt hättest, könnte ich Verständnis dafür aufbringen.

A b e r P a t r i c k l e b t !

Er kann uns hören, er spürt, wenn wir bei ihm sind. Sag sowas nie wieder!«

Die letzten Worte hatte er in den Hörer geschrien. Am Ende der Leitung herrschte Schweigen. Vera stand mit dem Spültuch in der Hand und ausdruckslosem Gesicht im Türrahmen. Ihr gefiel, was sie zu hören bekam.

»Du sagst, er hört uns«, kam es vorsichtig aus der Muschel, »was willst du mir damit sagen? Ich denke, seine Sinne reagieren nicht, wie kommst du dann darauf, dass er uns hört?«

Peter drehte die Augen zur Decke und Wasser trat in seine Augen. Mit tränenerstickter Stimme erwiderte er: »Weil er es mir gesagt hat.«

Das Spültuch flog ihm ins Gesicht, bevor er auch nur eine Abwehrbewegung machen könnte. Vera schlug ihm mit einer heftigen Bewegungen vor die

Brust, das Telefon flog im hohen Bogen durch den Raum.

»Du verdammter Lügner, du Schwein. Du sprichst mit unserem Sohn und sagst mir nichts davon. Ich habe dich gefragt, ob ich mich irre. Du hast mich als hysterisch hingestellt. Jetzt sagst du anderen, dass du selbst Kontakt mit ihm hattest. Willst du ihn für dich allein, du Egoist willst du ihn mir wegnehmen? Das ist mein Kind, das ich geboren habe. Vorher würde ich jeden töten, der es wagt, ihn mir zu nehmen. Oh Gott, das verzeihe ich dir nie.«

Hallo, hallo schallte es aus der Zimmerecke, in die das Telefon geflogen war. Vera raste die Stufen hinauf und verschwand weinend im Kinderzimmer. Peter unterbrach wortlos das Telefonat.

Vera lag zusammengekrümmt auf Patricks Bett, das er nur ein einziges Mal benutzen konnte. Das Bild ihres Sohnes hielt sie krampfhaft umklammert. Ihr Körper zuckte.

»Warum hat er nicht mit mir gesprochen, ich bin doch seine Mutter? Ich war so oft bei ihm.«

»Schatz, er hat es doch versucht, du hast ihn nur nicht verstanden. Bitte verzeih mir, dass ich es dir nicht gesagt habe ... Ich wollte es dir nicht antun. Du hättest es nur sehr schwer verkraftet.«

Vera erhob sich mit fragendem Blick und wischte sich die Tränen aus dem Gesicht.

»Ich hätte es nicht ertragen? Hast du das wirklich gerade zu mir gesagt? Nur der starke Vater, der sich bis vor wenigen Tagen den Kopf zugesoffen hat, konnte die Wahrheit verkraften? Du hast sie doch nicht mehr alle beisammen, du Egomane. Ich habe schon so viel ertragen, mein lieber Mann, das schaffe ich schon. Und jetzt, du Lügner, sagst du mir endlich, was uns mein Sohn mitgeteilt hat, sonst ...«

Drohend hob sie die Hand mit dem Bilderrahmen.

»Können wir wieder nach unten gehen? Ich habe Angst, dass er uns hier hört.«

Ungläubig blickte Vera sich im Zimmer um und stellte das Bild vorsichtig wieder an seinen Platz zurück. Zögernd folgte Sie Peter, nachdem sie die Decke auf Patricks Bett wieder glattgestrichen hatte. Als er ihr den Arm um die Schultern legen wollte, stieß sie ihn weg. Sie drückte sich in die äußerste Ecke des Sofas und zog sich eine Decke über den Körper. Als Peter sich zu ihr setzen wollte, wehrte sie ihn mit vorgestreckten Armen ab.

»Was willst du hören? Willst du wirklich alles wissen?«

»Jedes einzelne, verdammte Wort, was der Kleine zu dir gesagt hat.«

Ihre Augen funkelten zornig.

»Patrick hat Angst, fürchterliche Angst. Er lebt in der ewigen Dunkelheit und wird von Schatten gejagt, die ihm wehtun wollen. Sie haben ihm gesagt, dass er für immer bei ihnen bleiben muss und dass sie ihn quälen werden.«

Peter sah in ungläubige Augen und war sich nicht sicher, ob Vera ihn verstanden hatte.

»Hast du sie noch alle beisammen? Du tischt mir hier eine Horrorgeschichte auf, die nur deinem alkoholisierten Gehirn entsprungen sein kann. Und diese Geschichten verbreitest du in der Welt? Hast du nichts Besseres drauf?«

»Du hast mich um die Wahrheit gebeten. Hier hast du sie. Und das ist nicht die ganze Wahrheit. Patrick hat mich um etwas gebeten, das ich dir unbedingt verheimlichen sollte.«

Vera saß abwartend und etwas gelöster da, hatte die Arme vor dem Körper verschränkt. Mit leicht spöttischem Blick betrachtete sie Peter und erwartete die nächste Lügengeschichte. Was dann kam, traf sie wie ein Hammer.

»Patrick möchte sterben!«

Jegliche Farbe wich ihr aus dem Gesicht, als sie sich versteifte. Sie warf die Decke von sich und starrte auf Peter.

»Was tust du da? Suchst du nach einer Möglichkeit das Problem radikal und schnellstmöglich zu lösen? Du erfindest diese Wahnsinnsgeschichte und willst damit erreichen, dass ich einwillige, die Geräte abzuschalten? Ist es das? Du bringst deinen eigenen Sohn lieber um, bevor du weiter mit der Schuld lebst. Glaubst du wirklich, dass sie damit aus der Welt ist? Nein, du Schwein ... Dann hast du eine weitere Schuld auf dich genommen. Einen Mord. Niemals werde ich da zustimmen ... Niemals, hörst du. Und jetzt krieche wieder zurück in das Loch, aus dem du vor Tagen reumütig gekrochen kamst. Ich will dich nicht mehr sehen!«

»Aber Vera, es ist die Wahrheit«, versuchte er einzulenken.

»Das war meine auch. Verlass sofort die Wohnung ... Du Mörder. Ich will alleine sein. Geh jetzt.«

Muschi

»Du hast genug, Peter, bitte sei vernünftig. Du kannst ja kaum noch stehen.«

Muschi drängte den Freund zurück, der sich schwer auf sie stützte. Angetrunken war er schon in die Bar gekommen und hatte sich hier den Rest gegeben. Sie erfuhr im Laufe des Abends von den Geschehnissen der letzten Tage und schüttelte immer wieder den Kopf. Als Außenstehender konnte man sich nur schwer vorstellen, was hier geschah.

»Was soll ich tun, Muschi? Ich kann ... ich darf den Wunsch des Kleinen doch nicht einfach ignorieren ... bin doch sein Papa«, lallte Peter und legte seinen Kopf auf Muschis Schulter. Mit der Hand tastete er gleichzeitig nach seinem leeren Weinglas und warf es um.

»Du tust im Augenblick nur Eines, du gehst pennen. Morgen wird uns schon was Vernünftiges einfallen. Ich bring dich jetzt zu mir und morgen früh, bei einem starken Kaffee, sprechen wir darüber. Aber bitte, Peter, mach mir Jay nicht wach. Der Junge braucht seinen Schlaf und muss dich ja nicht unbedingt in diesem Zustand sehen. Und noch was. Behalte endlich deine unegalen Finger bei dir, da spielt sich heute bei uns eh nichts mehr ab.«

»Wie sind wir hierher gekommen? Bin ich etwa mit dem Wagen ...?«

Peter hatte die Ellenbogen auf den Küchentisch gestützt und hielt sich mit schmerzverzerrtem Gesicht den Kopf mit den Händen. Muschi, die das Rührei wendete, warf ihm den Fahrzeugschlüssel auf den Tisch.

»Wie hättest du fahren können? Du hast ja nicht einmal mitbekommen, wie ich dir die Schlüssel abgenommen habe. Der Taxifahrer hatte seine liebe Mühe, dich auf dem Rücksitz wieder wach zu bekommen. Jetzt nimm mal die Arme runter, damit ich das Essen hinstellen kann.«

»Ich kann nichts essen, nur einen Kaffee, Muschi.«

Peter verzog angewidert das Gesicht, als er den dampfenden Teller unter die Nase geschoben bekam.

»Das könnte dir so gefallen. Ausschließlich Flüssignahrung zu sich nehmen und nach wenigen Wochen als lebender Leichnam durch die Welt laufen. Du wirst das jetzt essen, sonst ...!«

Warnend hob sie die noch heiße Pfanne.

»Iss ja gut, ich esse ja schon.«

Abwehrend hob er die Arme und griff nach der Gabel.

»Hoffentlich bleibt das auch drin«, murmelte er vor sich hin, bevor von der Tür ein kurzer Aufschrei kam.

»Mama, was tust du da mit der Pfanne? Will der Mann dir wehtun?«

In Jays Gesicht stand das pure Entsetzen. Peter sah überrascht in Richtung Küchentür und anschließend auf die hocherhobene Pfanne, die Muschi immer noch schwenkte. Fast gleichzeitig lachten beide los und Peter prustete das Ei, das er bereits im Mund hatte, über den Tisch. Sie lachten mit Tränen in den Augen und amüsierten sich über das ratlose Gesicht des Jungen. Muschi nahm ihn schließlich lachend in den Arm und führte ihn zum Tisch.

»Dieser Mann hier ... puh, ich kann nicht mehr ... also, dieser Mann hier, der gerade das Essen in der Küche verteilt hat, ist ein sehr guter Freund von mir. Wir haben nur ... verdammt, mir tut der Bauch jetzt weh vom Lachen ... haben nur Blödsinn gemacht. Die Pfanne wäre auf seinem sturen Kopf sowieso kaputt gegangen.«

Muschi drückte ihren Sohn auf einen Stuhl und schob ihm einen Teller hin.

»Darf ich dir diesen unrasierten, ungewaschenen Kerl vorstellen? Das ist mein Lieblingsgast Peter Sobier, ein ganz berühmter Rechtsanwalt. Ihm ging es gestern Abend nicht so gut, da hab ich ihn auf unserem Sofa schlafen lassen. So, und jetzt esst endlich.«

Jay verabschiedete sich nach kurzem Gespräch zu einer Verabredung und ließ die Beiden alleine.

»Netter Junge, da hast du gute Arbeit geleistet, wurde sehr gut erzogen. Der hätte sich gut mit Patrick vertragen, zumal sie ja auch im gleichen Alter sein dürften.«

»Was nicht ist, kann ja noch werden, mein Freund. Du musst Vera ja nicht alles über mich erzählen. Die Kinder könnten sich ja rein zufällig kennengelernt haben«, erwiderte Muschi.

Jetzt war es an Peter, ratlos zu schauen.

»Muschi, Patrick wird nie wieder ...«

»Jetzt komm mir nicht wieder mit deiner finsteren Version, worin der Junge in der Hölle gefangen ist. Komm wieder zurück in die Realität, Peter. Ich will an solche Gespenstergeschichten nicht glauben. Ihr seid beide ziemlich fertig und da kann uns der Verstand schon einmal einen Streich spielen. Aber wenn du wirklich daran glaubst, dass dich dein Sohn um den eigenen Tod angefleht hat, halte ich das schon für sehr gefährlich und ... entschuldige bitte ... behandlungswürdig.«

Muschi zündete sich eine Zigarette an und blies den Rauch an die Decke.

»Du glaubst wirklich, dass ich mir das einbilde und Patrick in Wirklichkeit gar nicht mit mir spricht. Du behauptest praktisch, dass ich nicht mehr alle Tassen in der Vitrine habe? Muschi, ich habe ihn gehört. Ich habe seine Stimme gehört, als ich vollkommen nüchtern bei ihm saß. Er spricht mit mir, aber nur innerhalb seines Zimmers. Nach draußen dringt kein Ton von ihm. Diese Wesen, die Schatten, fügen ihm Schmerzen zu, quälen ihn. Das sauge ich mir doch nicht aus den Fingern. Vera spürt auch etwas, aber sie versteht es nicht so klar wie ich. Ich bin nicht bescheuert!«

Die letzten Worte schrie er Muschi entgegen, die ängstlich zurückwich.

»Ich habe mit keinem Wort gesagt, dass du oder Vera bescheuert seid, nur etwas ... sagen wir mal ... überspannt.«

Ihre Augen waren unsicher auf Peter gerichtet, der den Kopf schüttelte. Verzweifelt richtete er den Blick nach oben.

»Warum glaubt mir denn keiner? Ein Vater spürt, wenn sein Kind in Gefahr schwebt. Und verdammt, es kann mir auch keiner einen Beweis dafür liefern, dass ich mich irre. Woher wollt Ihr alle wissen, dass er keine Schmerzen hat? Nein, er ist dort in der Dunkelheit bestens aufgehoben und amüsiert sich mit anderen Kindern. Ja, so wird es sein. Unser so gerechter Gott würde doch niemals zulassen, dass es ihm in diesem Gefängnis schlecht geht. Er sorgt schon für seine Schäfchen. Ist es das, was du mir sagen willst, Muschi? Willst du mir mit diesen verkorksten Sprüchen kommen, wie, ... der Herr weiß, was er tut ... er hilft uns in unserer Not. Der Junge ist in Not. Wo ist Gott? Hilft er ihm auf diese beschissene Art? Sage es mir, damit ich wieder an den Schöpfer glauben kann. Ich habe den Glauben an ihn verloren.«

Wieder nahm er seinen Kopf in beide Hände und die Tränen liefen ihm über die Wangen. Muschi drückte schockiert über diese verzweifelt vorgetragenen Worte, die Zigarette aus und nahm ihn in die Arme. Lange saßen sie schweigend nebeneinander. Während sie den schluchzenden Mann festhielt, wirbelten seine Worte durch ihren Kopf. Sie versuchte, sie zu entkräften, gab jedoch nach kurzer Zeit auf. Sie konnte sich seiner Logik nicht völlig entziehen.

»Was sagt er zu dir, Peter?«, nahm sie Minuten später das Gespräch wieder auf. Sie strich ihm mitfühlend über das Haar. Mit der Serviette trocknete er seine Tränen und sah sie aus rot geweinten Augen an.

»Er ... er schreit mir die Hilferufe entgegen. Er kann manchmal vor Schmerzen nicht reden, dann höre ich nur so seltsame, fremde Geräusche. Geräusche, die nicht von dieser Welt sind ... ich habe sie nie zuvor gehört. Sie machen sogar mir Angst, fürchterliche Angst. Du wirst mir nicht glauben, nicht wahr?«

Peter starrte sie an und erschrak, als sie ihm antwortete.

»Ich glaube dir Peter, doch, ich glaube dir jetzt. Das erfindet ein Vater nicht, der sein Kind so liebt wie du. Was willst du tun? Du kannst deinen Sohn nicht töten lassen. Das kann ein Vater nicht tun, das würde ihn doch selbst um den Verstand bringen. Und ich weiß nicht, ob es in unserem Land überhaupt möglich ist, den Sohn von seinen Qualen befreien zu lassen. Du müsstest es wissen, du hast das Recht studiert.«

Schweigend ruhte Peters Blick auf ihr und seine Hände drehten unablässig den Kaffeelöffel, bis Muschi ihm den vorsichtig aus den Händen nahm.

»Selbst wenn ich es wollte, würde Vera niemals zustimmen. Sie hat noch den festen Glauben an seine Auferstehung. Sie lebt für den Tag, an dem sie wieder eine heile Familie um sich hat. Einer Sterbehilfe würde sie nie im Leben zustimmen. Und du kannst es mir glauben, ich beneide sie um diesen Glauben, denn ich habe ihn verloren. Ich habe so viel an diesem einen Tag verloren. Es war nicht nur Patricks Leben, es war auch die Hoffnung. Mir fehlt ihre Liebe so unendlich, das musst du mir glauben. Auch die habe ich bei dem Unfall für immer verloren.«

Muschi legte ihre Stirn an seine und flüsterte ihm zu.

»Das möchte ich nie wieder von dir hören. Ich kann verstehen, wenn du die Hoffnung, den Glauben verloren gibst, was schon schlimm genug ist. Aber vertraue auf die Liebe, denn die ist etwas ganz Besonderes. Es scheint dir in diesem Augenblick vielleicht so, als hättest du sie verloren, aber die wahre Liebe steht auch das durch. Vertraue mir. Gib nicht auf, kämpfe um sie, denn Vera ist es wert.«

Fest drückte er ihre Hand an seine feuchte Wange und sah Muschi dankbar an. Sie hatte das ausgesprochen, woran er sich mit letzter Kraft klammerte. Er wollte auf keinen Fall Veras Liebe aufs Spiel setzen. Das würde er jedoch tun, wenn er auf das

Abschalten der Geräte bestehen würde. Verzweifelt suchte er nach einem Ausweg.

»Peter, bitte geh zu ihr, sage ihr, dass du sie nicht verlieren willst. Sie wird es verstehen. Erkläre ihr, in welchem Gewissenskonflikt du dich befindest. Höre dir ihre Argumente an und versucht anschließend, die für Patrick verträglichste Lösung zu finden ... wie auch immer sie aussehen mag.«

Hier machte sie eine Pause und wartete auf Peters Reaktion. Er schloss die Augen und überdachte ihre Worte.

»Und noch Eines, mein Freund, lass den Alkohol aus dem Spiel. Er wird dir keine Entscheidung leichter machen, sondern eher verhindern. Wenn du Hilfe brauchst oder einfach nur reden möchtest ... meine Tür steht dir immer offen. Versprochen.«

Sie erhob sich und zerrte an Peters Ärmel.

»Ich habe dir Rasierzeug ins Bad gelegt und eine frische Zahnbürste. Werde eine Neue kaufen, wenn der große Jay einmal wieder aus Kamerun zu Besuch kommen sollte. Los, beeile dich, so kannst du ihr jedenfalls nicht unter die Augen treten.«

Zufallstreffen

Stefan Hallig wartete ungeduldig in seinem Besprechungszimmer, obwohl er schon seit einer halben Stunde Dienstschluss hatte. Vera hatte ihn um eine Unterredung gebeten, die ihr sehr wichtig war. Zuvor hatte er lange in Patricks Zimmer gesessen. Das Gespräch mit Micky ging ihm immer wieder durch den Kopf. Warum hörte er nicht diese Geräusche, diese Worte von Patrick? Wollte sich der Junge ihm nicht offenbaren?

Das Klopfen riss ihn aus seinen Gedanken. Er eilte zur Tür und prallte erstaunt zurück. Peter Sobier wirkte unsicher und schob sich langsam ins Zimmer.

»Ich brauche deine Hilfe, Stefan, hast du einen Moment Zeit für mich?«

Stefan wusste im ersten Moment nicht, wie er reagieren sollte, schließlich erwartete er jeden Augenblick Vera. Das konnte wieder einmal zu Irritationen führen. Er entschloss sich zur sauberen Variante und trat zurück. Während er Peter einen Stuhl anbot, klärte er ihn auf.

»Das trifft sich vielleicht ganz gut, denn Vera hatte mich ebenfalls um ein Gespräch gebeten, sie müsste jeden Augenblick kommen. Setz dich bitte und erzähl, was ich für dich tun kann.«

Peter fasste sich erstaunlich schnell, obwohl ihn die Ankündigung, schon jetzt auf Vera zu treffen, leicht verunsicherte. Er richtete seine Frage an Stefan.

»Glaubst du an geisterhafte Erscheinungen?«

Mit vielen Fragen hatte er gerechnet, doch diese überraschte den Arzt. Stefan suchte nach den richtigen Worten, denn er wusste genau, worauf Peter hinauswollte.

»Ich weigere mich als Mediziner, das Erscheinen von Geistern anzuerkennen. Das ist purer Okkultismus, da kenne ich mich nicht aus. Wenn du allerdings die Wahrnehmung von Stimmen meinst, so will ich das nicht ausschließen. Ich selbst habe dieses Phänomen bisher noch nicht erlebt, doch will ich die Aussagen sehr vieler Patienten nicht einfach als Fantasterei abtun. Warum fragst du mich das?«

Vorsichtig schob Stefan die Frage hinterher und beobachtete Peter genau.

»Ja, ich habe einen triftigen Grund, warum ich dir die Frage stelle. Ich selbst höre Patricks Stimme mittlerweile sehr deutlich und ich habe das Gefühl, dass ich nicht der Einzige bin.«

Stefan hob die Brauen und wartete.

»Ich bin davon überzeugt, dass Vera und auch der Pfleger Micky es spüren, ihn sogar hören können. Sie streiten es zwar ab, aber ich erkenne es an ihren Reaktionen, wenn Patrick ruft.«

»Ich will ehrlich zu dir sein. Selbst wenn ihr drei da irgendwelche Stimmen hört, die weder ich, noch irgendein Anderer des Teams hören kann, muss ich annehmen, dass es aus einem Wunschdenken heraus geschieht. Kein Gerät, das die Gehirnströme des

Jungen permanent misst, hat irgendwelche Aktivitäten aufgezeichnet. Folglich kann er nicht mit euch in Kontakt getreten sein. Aber was erzählt der Kleine denn so?«

Bevor Peter antworten konnte, klopfte es wieder an der Tür und Micky steckte seinen Kopf hinein.

»Oh, Entschuldigung, ich wollte nicht stören, Doktor Hallig, aber Frau Sobier sagte, sie hätte einen Termin mit Ihnen. Sie ist bei mir, darf sie hereinkommen?«

Stefan sah zu Peter, der flüchtig nickte und aufstand.

»Bitten Sie Frau Sobier herein, und Sie bleiben bitte auch noch einen Augenblick. Ich habe eine Frage, deren Beantwortung die Familie Sobier ebenfalls interessieren dürfte.«

Zögernd trat Vera ein und blieb wie angewurzelt stehen.

»Warum hast du mir am Telefon nicht gesagt, dass er auch hier sein wird? Ich will nicht stören.«

Sie drehte sich um und stieß mit Micky zusammen, der soeben die Tür schließen wollte.

»Vera, sei nicht kindisch, ich wusste nicht, dass Peter mich besuchen wollte. Es ist vielleicht auch ganz gut, wenn wir hier zusammen reden können. Setz dich bitte.«

Vera würdigte Peter keines Blickes, der die angebotene Hand zurückzog und sich ebenfalls setzte. Unsicher sah er Stefan an, der sich an Micky wandte.

»Micky, wir beide sprachen in den letzten Tagen über Stimmen, sagen wir besser, über Geräusche, die Sie angeblich in Patricks Zimmer gehört haben wollen. Möchten Sie der Familie Sobier darüber berichten?«

»Also doch, er hat sie doch gehört. Ich wusste es!«

Vera war aufgesprungen und starrte Micky an.

»Vera! Bitte setz dich wieder. Micky erzählen Sie bitte.«

Hallig wollte, dass dieses Missverständnis ein für allemal aus der Welt geschafft wurde.

»Doktor Hallig, ich möchte hier feststellen, dass diese Stimmen real waren und dass ich sie mir nicht eingebildet habe. Bin doch nicht verrückt. Das sollte allen klar sein. Also. Wenn ich das Zimmer betrete, kühlt der Raum merklich ab und es ist ein unwirkliches Kreischen zu hören. Mal leiser, aber auch mal bedrohlicher. Ab und zu dringen Worte durch diese Geräusche.«

»Welche Worte? Erzählen Sie.« Peter hatte sich vorgebeugt und starrte Micky an. »Was sagt ihnen die Stimme?«

»Ich kann nur Wortfetzen verstehen, wie ... Schatten, Schmerzen und ... helft mir. Mehr konnte ich bisher nicht verstehen, Herr Sobier. Glauben Sie mir bitte.«

Beschwörend sah er auf die versammelten Menschen, die ihn ungläubig ansahen.

»Seht ihr, ich habe recht. Er hat es auch gehört. Der Junge sucht Hilfe. Wir müssen etwas tun, das kann doch nicht bis in alle Ewigkeit so weitergehen. Und du, Vera, du hast es auch gespürt, nur nicht verstanden. Jetzt kannst du es nicht mehr leugnen.«

Peter blickte flehentlich zu Vera rüber, die immer noch Micky anstarrte. Die Spannung im Raum war körperlich spürbar, sie knisterte. Langsam wandte Vera den Blick auf Peter.

»Ich habe es nie geleugnet, dass etwas Besonderes in diesem Raum war. Doch ich wehre mich immer noch dagegen, dass Patrick dir gegenüber einen Todeswunsch geäußert haben soll. Niemals werde ich zustimmen, dass meinem Kind die Geräte abgeschaltet werden. Niemals ... hörst du das? Du lebst mit einer angeblichen Schuld, daran kann ich leider nichts ändern. Aber wir werden keine weitere Schuld auf uns laden, indem wir ihn umbringen.«

Die letzten Worte schrie sie Peter entgegen, der auf seinem Stuhl zusammensank und wortlos die Hände über die Ohren legte.

»Danke Micky, das wäre im Augenblick alles. Sie können jetzt gehen.«

»Aber Doktor ...«

»Sie können gehen«, wiederholte Hallig und wandte sich an Vera.

»Bitte Vera, das hat Peter auch sicher nicht gemeint. Er möchte dem Jungen nur helfen, die Schmerzen in den Griff zu bekommen. Ich habe mir dazu auch schon Gedanken gemacht, bin aber zu keiner Lösung gekommen, bei der ich ansetzen könnte. Das scheinen keine physischen Schmerzen zu sein, die man mit Medikationen bekämpfen könnte. Wir haben es, wenn ich euch glauben schenke, mit anderen Phänomenen zu tun, bei denen ich machtlos bin. Wenn es nicht so komisch klingen würde, müssten wir einen Exorzisten hinzuziehen. Ihr beschreibt die Situation so, als müssten wir eine Teufelsaustreibung vornehmen. Versteht ihr meine Zweifel jetzt? Aus medizinischer Sicht werde ich auf keinen Fall einer Sterbehilfe zustimmen. Damit das klar ist, Peter.«

Peter lief durch das Büro und murmelte unverständliche Worte vor sich hin. Plötzlich blieb er stehen und stützte sich auf die Schreibtischkante.

»Mit keinem Wort habe ich bisher das Wort Sterbehilfe in den Mund genommen. Ich möchte auch nicht, dass ihr Zwei mir das hineinlegt. Ich sprach lediglich davon, ob man meinem ... unserem Sohn irgendwie helfen kann. Ich bin doch kein Mörder. Ich töte doch nicht mein hilfloses Kind, verdammt.«

Peter stellte sich an das Fenster und betrachtete in Gedanken vertieft das Leben hinter den Fenstern der umliegenden Krankenzimmer. Stefan und Vera sahen sich an, nicht wissend, wie sie darauf reagieren sollten. Müde drehte sich Peter um und griff nach seinem Sakko, welches er zuvor über die Stuhllehne geworfen hatte.

»Ich denke, dass wir hier und heute zu keinem Ergebnis kommen werden. Dafür ist die Situation zu unwirklich, einfach irreal. Vielleicht ist dein Vorschlag mit der Teufelsaustreibung gar nicht mal so verkehrt. Vera, es tut mir so leid, dass alles so kommen musste, glaube mir das. Ich werde jetzt zu meinem Sohn gehen. Ihr habt ja noch etwas zu besprechen.«

Peter verlies mit hängenden Schultern das Besprechungszimmer und hoffte, in Patricks Zimmer eine Lösung zu finden.

Mickys Visionen

Der Flur war menschenleer, sodass keiner bemerkte, wie Micky in Patricks Zimmer schlüpfte. Der lag auf der linken Seite und blickte scheinbar in Mickys Richtung. Obwohl Patricks Augen geschlossen waren, fühlte sich der Pfleger beobachtet, was ihn an der Tür verharren ließ. Wieder spürte er die besondere Atmosphäre, eine Kälte, die ihn frösteln ließ. Ein Wispern, das von allen Seiten auf ihn eindrang, lähmte ihn. Er zwang sich dazu, an das Bett des Jungen zu treten und einen Stuhl heranzuziehen.

»Kleiner. Ich kann dir nicht sagen, was sich genau tun wird, aber du bist in großer Gefahr. Warum kannst du mir nicht mehr mitteilen? Was hast du zu deinem Vater gesagt? Er behauptet, dass du große Schmerzen hast und davon erlöst werden möchtest, was ich nicht glauben kann. Du liegst so friedlich hier auf dem Bett, alles ist so normal ... was sind das für Schmerzen? Wer ist dafür verantwortlich?«

Das grässliche Wispern wurde lauter und flößte Micky Angst ein. Er glaubte, schattengleiche Bewegungen bemerkt zu haben, die rund um das Bett kreisten. Er schloss die Augen für einen Moment und konzentrierte sich neu. Als er sie wieder öffnete, hatte sich das Kreischen verflüchtigt und wurde durch Wortfetzen ersetzt. Angestrengt lauschte er, um einen Zusammenhang herstellen zu können.

... Hilf mir ... sie kommen ... n e i n ... weg, geht weg ... wo ist Papa ... nicht dorthin ... tut so weh ...

»Verdammt, ich höre dich, kann aber keinen klaren Gedanken erkennen. Ich will dir helfen, was soll ich tun? Du bist so weit weg und ich kann dich nicht verstehen. Was ist hier in deinem Zimmer, bedroht dich etwas? Bitte sprich mit mir, Kumpel.«

Verzweifelt rückte er näher an den Jungen heran und starrte auf die Lippen. Nichts, wie aus Stein gemeißelt blieben sie verschlossen. Nicht das leiseste Zucken zeigten sie. Er legte seine Hand auf Patricks Stirn, glaubte, eine leicht erhöhte Temperatur spüren zu können. Die Instrumente zeigten Normaltemperatur.

... Micky ... hol mich ... es tut so weh ... hol Papa ... weiß Bescheid ...

»Dein Vater war doch noch heute bei dir, was weiß er? Wird er dir helfen? Was soll er tun, mein Freund? Sag es mir, bitte. Vielleicht kann ich ihn unterstützen.«

Die Geräusche entfernten sich, wurden immer unverständlicher und verschwanden schließlich ganz. Irritiert blickte sich Micky um und sah in die fragenden Augen von Schwester Patricia.

»Du siehst ja schrecklich aus, Micky. Man könnte meinen, du hättest ein Gespenst gesehen. Ist dir nicht gut? Wir brauchen dich auf Zimmer vierzehn, ein neuer Notfall-Patient.«

Peter hatte einen Entschluss gefasst, als er Patricks Zimmer verlassen hatte. Endlich hatte der Kleine sich klar und deutlich mitteilen können. Peter war tief in Gedanken versunken, als er das Hospital verließ und am Ausgang fast mit Schwester Patricia zusammenstieß, die ihren Dienst antrat. Verwundert registrierte sie, dass Peter Sobier nicht auf ihren Gruß reagierte.

Auf dem Parkplatz angekommen, lehnte er sich gegen den Wagen und suchte in seinem Smartphone nach einer Telefonnummer.

»Ich brauche Sie ... Sie müssen mir etwas besorgen ... ja sofort ... in meinem Büro morgen Abend um Zwanzig Uhr.«

Sein Gespräch mit Kappel dauerte nur wenige Sekunden, bevor dieser sich mit ›Geht klar‹ verabschiedete.

Peter setzte sich hinter das Steuer und startete mit starrem Blick. Erst vor seiner Stammbar hielt er an und nahm an der Theke Platz . Wortlos stellte ihm der Keeper den Rotwein hin und blickte suchend durch den Raum.

»Ist schon gut, Ferdi, werde Muschi schon finden ... danke.«

Es waren eineinhalb Stunden vergangen, als Peter spürte, dass sich jemand neben ihn gesetzt hatte und ihn beobachtete.

»Vera? Was ... wie hast du mich gefunden? Warum ...?«

»Ich habe mich erkundigt, welche Kneipe derzeit den höchsten Rotwein-Umsatz hat«, antwortete sie spontan, korrigierte sich jedoch sofort. »Entschuldige bitte, das ist mir nur so rausgerutscht. Wollte etwas mit dir besprechen.«

»Nein, du musst dich nicht dafür entschuldigen, du hast ja recht. Aber mich macht die Situation, in der wir beide leben, einfach fertig. Es ist im Augenblick mehr, als ich verkraften kann. Darf ich dir was bestellen?«

Vera betrachtete ihn nachdenklich und schüttelte schließlich den Kopf.

»Nein danke, könnten wir woanders hingehen?«

Peter suchte den Keeper und signalisierte ihm, dass er die Bar verlassen wollte, er legte ausreichend Geld auf den Tresen. Der nickte nur und bediente weiter. Muschi, die zwischenzeitlich die Bar betreten hatte, lächelte, als das Paar schweigend an ihr vorbei den Raum verließ. Sie zwinkerte Peter unauffällig zu.

Vera streckte die Hand aus und Peter verstand sofort, dass sie den Wagenschlüssel erwartete. Sie setzte sich schweigend ans Steuer des Mercedes und fädelte sich in den fließenden Verkehr ein. Peter erkannte, dass sie die Richtung zum Haus einschlug und lehnte sich zurück.

Die Straße war relativ frei und Vera beschleunigte den Wagen auf der breiten Bundesstraße ungewohnt zügig. Bei einem Seitenblick stellte Peter fest, dass sie ihre Lippen fest aufeinandergepresst hielt und krampfhaft über etwas nachdachte. Die Tachonadel überschritt bereits die Marke von einhundertzwanzig, als Peter hochschrak. Vera steuerte genau auf einen im Rohbau befindlichen Brückenpfeiler zu. Rasend schnell kam dieser Betonklotz auf sie zu, Vera zeigte keine Reaktion. Spontan griff er ihr ins Steuer und lenkte den Wagen wieder zurück auf die Fahrbahn.

»Verdammt, was soll das? Willst du uns beide umbringen?«

Vera war wieder aus ihrer Starre erwacht und blickte sich verwirrt um.

»Was war los, was ist geschehen? Ich war gerade in Gedanken.«

»Du hättest den Wagen beinahe vor den Brückenpfeiler gesetzt. Das ging noch einmal gut. Jetzt fahre bitte langsamer. Hast du heute vergessen, die Medikamente einzunehmen?«

Vera schüttelte den Kopf und nahm das Tempo zurück. Peter wischte sich den Schweiß von der Stirn und beobachtete aufmerksam jede weitere Bewegung Veras.

»Komme sofort, möchtest du auch einen Cappuccino?«

Veras Kopf erschien in der Durchreiche zur Küche. Peter nickte und betrachtete weiter das Bild, das sie alle drei herumalbernd am Strand von Barbados zeigte. Gedankenverloren strich er mit dem Finger über das Foto und stellte den Rahmen wieder vorsichtig auf das Sideboard. Vera beobachtete ihn nachdenklich, während sie mit zwei Tassen in den Händen im Küchendurchgang wartete.

Schweigend setzte sie die Tassen auf dem Wohnzimmertisch ab und machte es sich in ihrer Lieblingsecke auf dem Sofa bequem. Peter nahm den Kaffeepott hoch und nippte daran, während er versuchte, in Veras Gesicht zu lesen. Nichts verriet ihre Gedanken. Völlig emotionslos erwiderte sie seinen forschenden Blick.

»Was möchtest du mit mir besprechen?« Peter versuchte, in die Offensive zu gehen.

»Wir waren noch nicht fertig, als du Stefan und mich einfach sitzengelassen hast. Wir müssen eine Lösung finden und dürfen nicht unterschiedliche Wege gehen. Es geht schließlich um unseren Sohn. Was mit uns beiden zur Zeit passiert, ist zwar auch eine Diskussion wert, aber Patrick ist wichtiger. Was hast du mit unserem Kind vor? Deine Reaktion auf diese Stimmen und die Art, wie du abblockst, machen mir Angst.«

Veras Blick war fest auf Peter gerichtet. Sie nahm einen Schluck und setzte den Pott ab.

»Ich will dir das einmal ganz deutlich machen. Stefan ist nicht davon überzeugt, dass Patrick körperlichen Schmerz empfindet, was er durch seine Aufzeichnungen belegen kann. Ich schließe mich dieser Sichtweise an. Folglich werde ich niemals darin einwilligen, dass wir die Geräte abschalten lassen. Patrick hat noch immer die Chance, aus dem Koma zu erwachen. Es gibt reichlich Beispiele dafür, dass es möglich ist. Und selbst, wenn er nicht mehr völlig gesund sein wird, worauf ich mich eingestellt habe, werde ich mich um ihn kümmern. Ich werde meinen Sohn nicht aufgeben ... niemals.«

Peter war aufmerksam den Worten Veras gefolgt, hatte auch nichts Anderes von ihr erwartet. Er hätte an ihrer Stelle nicht anders gehandelt. Doch sie wusste ja nicht, was sich in diesem Krankenzimmer tatsächlich abspielte. Peter suchte verzweifelt nach den richtigen Worten. Genau diese in ihrem Glauben und ihrer Hoffnung so starke Frau liebte er über alles. Sie besaß all das, was ihm in den letzten Monaten genommen wurde. Er hatte seine Stärke und den Glauben an eine Heilung verloren. Hätte er doch nur noch einen kleinen Teil ihrer Stärke, wäre die Situation viel einfacher.

»Warum unterstellt ihr mir immer wieder, dass ich die Geräte abstellen lassen möchte? Mit keinem Wort habe ich das angeregt. Hältst du mich für ein

Monster, das seinen Sohn einer fixen Idee opfert? Ich liebe Patrick ebenfalls, ich liebe ihn mehr als mein eigenes Leben. Läge ich doch nur an seiner Stelle, den Schmerz würde ich ihm gerne abnehmen.«

»Siehst du, da haben wir es wieder. Was faselst du immer wieder von Schmerzen, die Patrick erleidet? Wer sagt dir, dass er leidet? Komm raus damit. Warum machst du so ein Geheimnis um deine Verbindung zu ihm? Du behauptest, der Einzige zu sein, der die Worte klar versteht, sagst aber nicht, was sich da genau in dein vom Alkohol geschädigtes Gehirn frisst.«

Peter war schockiert über diese Aggressivität, die Vera ihm entgegenbrachte. Er wusste, dass es für Außenstehende unmöglich sein musste, seine Behauptungen nachzuvollziehen. Man musste ihn für einen schizophrenen Spinner halten. Aber Vera? Sie war keine Außenstehende. Sie hatte selbst diese Atmosphäre gespürt, hatte sogar hier in diesem Haus seltsame Erscheinungen gesehen. Gerade bei ihr hätte er mehr Verständnis erwartet. Wo war die bedingungslose Liebe geblieben, die sie beide immer verband? Plötzlich spürte er, dass sie ihm nicht mehr vertraute. Hasste sie ihn sogar dafür?

»Dieses kranke Hirn ist scheinbar das Einzige mit der Fähigkeit, Patricks Nachrichten zu entschlüsseln. Ich bitte dich darum, sachlich zu bleiben und dich nicht von deinem Hass gegen mich leiten zu lassen. Damit das jetzt einmal klar und deutlich ausgesprochen wird, werde ich dir sagen, dass Patrick mich um Hilfe gebeten hat.«

»Er hat was? Du willst mir ...«

»Lass ich bitte ausreden«, unterbrach er Veras Einspruch. »Er teilte mir mit, dass er sich in Gefahr befindet. Und jetzt wird die Sache in deinen Augen wahrscheinlich völlig verrückt. Er wird von seltsamen Wesen, schattengleichen Monstern, bedroht, die ihn immer weiter in eine andere Welt zerren. Er wehrt sich mit aller Kraft dagegen, doch diese Kräfte lassen nach. Er sagt mir, dass sie ihn quälen und ihm unsägliche Schmerzen zufügen. Das Schlimmste kommt allerdings noch und du wirst mich danach erst recht hassen. Er hat mich angefleht, ihn zu töten.«

Die Tasse, die Vera zwischenzeitlich wieder aufgenommen hatte, glitt ihr aus der kraftlosen Hand. Dass der Cappuccino sich auf dem sündhaft teuren Teppich verteilte, nahm sie nicht wahr. Ihr Blick war starr auf Peter gerichtet. Ein unkontrolliertes Zittern überzog ihren Körper und Peter glaubte, ein leises Stöhnen aus ihrem geöffneten Mund gehört zu haben. Er stand auf und ging auf sie zu. Als er seinen Arm um sie legen wollte, kroch sie weg von ihm und hob abwehrend die Arme.

»Fass mich nicht an ... bitte nicht. Ich habe gewusst, dass du das sagen würdest. Schon vor Wochen wurde mir klar, dass es einmal ausgesprochen würde. Du möchtest meinen Sohn tot sehen ... das lasse ich nicht zu ... niemals werde ich das zulassen. Warum habe ich dich überhaupt gefragt? Du bist das Monster, vor dem sich der Kleine fürchtet. Oh Gott, hilf mir doch. Ich wünschte, du wärst tatsächlich an Patricks Stelle ... du müsstest an seiner Stelle leiden.«

Vera warf sich auf das Sofa und ihr Körper zuckte unter einem Weinkrampf. Peter stand fassungslos daneben und versuchte, das Gesagte zu verarbeiten. Sein Verstand konnte nicht begreifen, dass dieser Mund, dessen Lippen er tausendfach geküsst hatte, diese verletzenden Worte aussprechen konnte. Er drehte sich wie in Trance um und griff nach seinen Wagenschlüsseln.

Vater/Sohn-Gespräch

Die Kanzlei lag ruhig und verlassen, nur ein Zimmer war beleuchtet. Peter wusste, dass er sich auf Kappel verlassen konnte. Er erledigte seine Aufgaben zuverlässig und immer pünktlich. Nur zwei Minuten nach der verabredeten Zeit klingelte es und der Aufzug zeigte an, dass sich jemand auf dem Weg nach oben befand. Die schmierige Gestalt des Schnüfflers erschien in der Eingangstür und verharrte dort kurz.

»Stellen Sie die Tasche dort auf dem Tisch ab. Haben Sie die Ware, um die ich Sie gebeten habe?«

Nachdem Kappel die Sporttasche abgestellt hate, griff er in die Seitentasche seines Parkas und warf dem Auftraggeber das Päckchen auf den Schreibtisch.

»Wofür brauchen Sie ...?«

Kappel zuckte zusammen, als Peter ihm einen Umschlag entgegenwarf und ihn anschrie.

»Das braucht Sie nicht zu interessieren. Sie haben Ihr Geld ... jetzt verschwinden Sie wieder!«

Peter griff nach seinem Weinglas und verfolgte mit müden Augen, wie Kappel wortlos Richtung Aufzug verschwand. Mit einer ungestümen Geste wischte er die beiden leeren Weinflaschen vom Schreibtisch, die mit Getöse auf dem Boden aufschlugen. Er riss das Papier des Päckchens ab und betrachtete den Inhalt. Seine Augen füllten sich mit Tränen, er ließ ihnen freien Lauf. Die Schachtel stopfte er in die Seitentasche seines Sakkos und schüttete den letzten Rest seines Glases in sich hinein. Auf wackligen Beinen bewegte er sich zu der Tasche, die Kappel auf dem Ecktisch deponiert hatte. Kurz sah er hinein und überprüfte den Inhalt. Zufrieden nickte er und zog den Reißverschluss wieder zu.

Der silberfarbige Mercedes hielt auf dem Parkplatz, wobei er schräg stehend zwei Einstellboxen blockierte. Die Sporttasche holte er vom Rücksitz, kurz leuchteten die Blinker auf, als er das Fahrzeug verriegelte. Der Pförtner wunderte sich zwar, dass der Besucher zu so später Stunde noch auftauchte, doch Peter Sobier war in diesem Hause mittlerweile kein Unbekannter mehr. Freundlich grüßte er ihn und setzte sein Telefonat fort.

Surrend öffnete sich die Aufzugtür und Peter sah den verlassenen Flur entlang. Nur aus dem Schwesternzimmer drangen Arbeitsgeräusche. Langsam nahm er die Sporttasche auf und machte sich auf den Weg zu Patricks Zimmer. Vorsichtig öffnete er die Tür und trat sofort wieder einen Schritt zurück. Das Kreischen war unerträglich und schmerzte in seinen Ohren. Der Raum war erfüllt von Bewegungen, die Peter jedoch nur spürte, die er aber nicht sehen konnte. Er zwang sich, die Tür hinter sich zu schließen. Leicht schwankend näherte er sich dem Bett und stellte seine Tasche auf den Boden. Umständlich zog er sich einen Stuhl heran und setzte sich an das Kopfende. Den Lärm, der ihn umgab, versuchte er, einfach zu ignorieren. Seine rotgeränderten Augen richtete er auf das zarte Gesicht seines Sohnes.

»Hi Kleiner, wie geht´s dir heute? Ich weiß, es ist schon spät, aber ich habe dir doch versprochen, dass ich heute vorbeikomme.«

...Papa, hilf mir bitte ... du hast es mir versprochen ... ich halte das nicht mehr aus ... die Schatten zerren an mir, versuchen, mir das Herz herauszureißen ... sie lachen dabei und schreien immerzu ... a a a h h h h ... das tut so weh ... bitte, bitte hilf mir, Papa ...

Peter war wie gelähmt und seine Wut auf diese unheimlichen Wesen wuchs ins Unermessliche. Unkontrolliert schlug er mit den Armen durch die Luft. Er glaubte, ein Gelächter hören zu können, was seinen Zorn noch mehr anstachelte. Schließlich warf er sich mit dem Oberkörper über Patrick, ein Weinkrampf schüttelte ihn.

»Ich kann dir nicht helfen, mein Schatz, sie sind stärker als ich. Ich schaffe es nicht ... ich schaffe es einfach nicht. Verzeih mir, dass ich mein Wort nicht halten kann.«

... du schaffst das Papa, du musst es einfach schaffen ... außer dir kann es keiner ... du hast es mir mit deinem Indianerehrenwort

versprochen ... oh Gott, sie kommen wieder ... hilf mir, Papa ... bitte ...

Peter presste beide Hände auf die Ohren, wollte nichts mehr hören. Die bittenden Worte seines Sohnes drangen jedoch weiter auf ihn ein, begleitet vom Wispern und dem ohrenbetäubenden Kreischen der Schatten. Der Schweiß sammelte sich auf seiner Stirn und lief ihm in die Augen. Mit dem Ärmel wischte er sie fort und versuchte, wieder einen klaren Blick zu bekommen. Regungslos lag Patrick vor ihm, keine Muskelbewegung zeigte an, welcher grausame Kampf sich in seinem Inneren abspielte. Peter konzentrierte sich, versuchte, ruhig zu bleiben. Sein Blick ruhte völlig konzentriert auf Patricks Gesicht, als er in die Seitentasche griff und das kleine Päckchen hervorholte.

Seine Hände zitterten noch leicht, während er die Schachtel aufzog und den Inhalt betrachtete. Das Kreischen, das ständig an Intensität zunahm, verdrängte er. Die austretenden Tränen wischte er bedächtig fort und entnahm der Schachtel die Spritze. Ohne Eile zog er die Flüssigkeit der beiden Ampullen auf und drückte etwas davon wieder heraus.

Die Schatten machten aus der Stille des Zimmers ein Tollhaus. Sie wollten um jeden Preis verhindern, dass Peter sein Werk beendete. Die Luft vibrierte. Peter legte die Spritze neben Patrick auf das Laken und hob die Sporttasche auf das Bett. Ein Lächeln lag um seinem Mund, als er die kleine Hand des Jungen in die Öffnung der Tasche schob. Nun setzte er sich wieder und griff nach der Spritze.

... Ich danke dir, Papa? ... ich kann es zwar nicht sehen, aber es fühlt sich gut an ... danke, dass du mir hilfst ... sage Mama, dass ich so gerne wieder bei ihr gewesen wäre ... sage ihr, dass ich sie sehr lieb habe ... nein, ich habe euch beide lieb ... bitte tu es jetzt, sie kommen zurück ... bitte ...

»Du hast es dir doch so gewünscht, es ist ein besonderer Gruß von Mama und mir. Ich werde jetzt mein gegebenes Wort einlösen, du wirst keine Schmerzen mehr haben. Ich werde sie von dir nehmen und tief in meinem Herzen tragen. Schatz, irgendwann werden wir uns wiedersehen und alles nachholen, was wir jetzt nicht mehr können. Auch Mama wird dann bei uns sein und alle deine Freunde. Das wird ganz toll.«

Peter machte hier eine Pause, wischte die Tränen weg, die in Strömen an seinen Wangen herunterrollten. Bedächtig nahm er die Spritze und setzte sie auf die Armbeuge des schmächtigen Kinderarmes. Ohne Unterbrechung spritzte er die gesamte Dosis Insulin in die Vene seines Kindes.

»Ich habe dich auch lieb, mein Sohn. Verzeih mir, wenn ich jetzt gehen muss. Sie werden mich wie ein Tier jagen und einsperren, weil ich mein eigenes Kind getötet habe. Ich bin in deren Augen ein Monster. Wir sehen uns in der Ewigkeit, Kleiner.«

Peter küsste Patrick lange auf die Stirn und wankte zur Tür. Niemand war auf dem Flur zu sehen. Nur ein Lichtkegel drang aus dem Schwesternzimmer auf den Gang. Die Aufzugtür schloss sich leise hinter ihm. Völlig apathisch drückte er das große E auf der Skala und ließ sich nach unten tragen. Der Pförtner winkte ihm freundlich zu, bevor er durch die Drehtür in die Nacht hinausging.

Der Alarm setzte plötzlich ein und ließ Schwester Patricia, die heute Nachtdienst hatte, aufschrecken. Nummer dreizehn, Patricks Zimmer, zeigte Herzstillstand an. Die Abläufe in solchen Fällen waren einstudiert, sie alarmierte sofort den diensthabenden Arzt und eilte den Flur entlang. Emsige Betriebsamkeit beherrschte plötzlich die Station. Alle Versuche, das Kind zu reanimieren schlugen fehl. Nach einer halben Stunde gaben die Ärzte den Kleinen endgültig verloren und bestätigten seinen Hirntod.

Doktor Hallig hatte man aus dem Bett geholt, der allerdings nur noch den leblosen Körper vorfand.

»Das kann doch nicht sein. Sein Zustand war gestern Abend stabil, die Geräte zeigten gute Werte an. Ich werde die Eltern um eine Genehmigung bitten, das Kind obduzieren lassen zu können. Ist die Kripo verständigt?«

»Die Kripo? Doktor Hallig, Sie glauben doch nicht, dass ...?«

»Schwester Patricia, bitte rufen Sie die Polizei. Patrick ist nicht auf natürlichem Weg gestorben, da bin ich mir sicher. Ich werde jetzt die Eltern verständigen müssen. Oh Gott, ich habe Angst.«

Stefan Hallig wunderte sich, dass sogar Micky über den Flur lief, der eigentlich dienstfrei hatte.

»Was machen denn Sie hier? Sollten Sie nicht um diese Zeit schlafen?«

Hallig sah den Pfleger fragend an, als sich Schwester Patricia einschaltete.

»Herr Doktor, ich habe ... er hat doch so an dem Jungen gehangen, Entschuldigen Sie bitte.«

Doktor Hallig legte einen Arm um die verzweifelte Schwester und drückte sie an sich.

»Alles ist gut, Schwester, alles ist gut. Was ist das da für eine Tasche, Micky? Da in der Ecke.«

Micky drehte sich in die Richtung, in die Hallig zeigte. Vorsichtig näherte er sich der Sporttasche und zuckte zurück, als sie sich bewegte. Langsam zog er den Reißverschluss auf und ein Leuchten erschien in seinen Augen.

»Das hatte sich der Kleine immer gewünscht, Doktor. Herr Sobier sprach oft davon. Das ist ein Welpe, ein Berner Sennenhund. Oh Gott, was machen wir jetzt damit? Kann ich den erst einmal zu mir nehmen? Wir können ja die Eltern entscheiden lassen, was damit geschehen soll. Ich mach mich dann mal auf die Socken.«

Der Mercedes stand einsam auf dem Parkplatz. Ohne Eile, aber mit starrem Blick, ging Peter zu seinem Wagen und klemmte sich hinter das Steuer. Der schwerste Teil seines Vorhabens war erledigt, der zweite Teil stand ihm bevor. Die Kurzwahltaste verband ihn mit Veras Festnetz.

»Hallo«, klang es verschlafen aus dem Smartphone, »wissen Sie, wie späte es ...?«

Peter unterbrach sie sofort und sprach mit unsicherer Stimme.

»Kann ich bei dir vorbeikommen? Wir müssen reden. Es ist etwas passiert.«

Er spürte, dass Vera angestrengt überlegte, bevor sie antwortete.

»Ich warte auf dich.«

Peter unterbrach die Verbindung und startete den Wagen. Bevor er das Krankenhausgelände verließ, lief das Geschehene noch einmal wie ein Film vor seinen Augen ab. Sie füllten sich wieder mit Tränen, die er fortwischte. Was würde er Vera sagen? Wie sollte er ihr klarmachen, dass er ihren einzigen Sohn umgebracht hatte? Die Gedanken wirbelten durch seinen Kopf.

Die volle Kugel des Mondes zeichnete sich gegen den Horizont über der ansteigenden Straße ab. Die

Tränen verzerrten die Konturen und ließen alles vor seinen Augen verschwimmen. Den LKW, der rückwärts aus einer Firmeneinfahrt rangierte, sah er viel zu spät. Der riesige Auflieger raste auf ihn zu. Peter versuchte noch, das Steuer herumzureißen, um den Aufprall zu verhindern. Der Mercedes drehte sich mehrfach um die eigene Achse, die Silhouette des LKWs baute sich wie eine Wand vor ihm auf. Wieder durchlebte er den Augenblick, wenn sich Metall beim Aufprall verbiegt und Glas zersplittert. Das angstverzerrte Gesicht Patricks tauchte vor seinem geistigen Auge auf, bevor ein nervenzerfetzendes Kreischen den Innenraum des Wagens erfüllte. Schattengleiche Wesen umschwirrten ihn, während sich sein schmerzender Körper aus dem Fahrzeug zum Himmel abhob.

Vera war bereits verärgert darüber, dass Peter mehr als eine Stunde benötigte, um den Weg zu ihr zu finden. Sie hatte sich den Morgenmantel übergeworfen und eilte wütend nach dem Klingeln zur Tür.

»Du, Stefan, was willst du hier? Wo ist Peter? Ist Patrick aufgewacht?«

»Darf ich reinkommen, Vera?«

Er drückte sich an der erstaunt blickenden Frau vorbei und schloss die Tür. Stefan legte den Arm um sie und führte sie vorsichtig in das Wohnzimmer.

Beide setzten sich auf die Couch. Veras Blick war immer noch fragend auf den Arzt gerichtet.

»Vera, es sind schreckliche Dinge passiert.«

Noch immer zeigte sie keinerlei Regung. Völlig apathisch saß sie da und lauschte.

»Peter wird heute nicht kommen ... er wird niemals mehr kommen. Er hatte vor wenigen Minuten einen tödlichen Unfall. Es tut mir so leid.«

Vera schien die Worte nicht verstanden zu haben, ihr Blick war in die Ferne gerichtet. Stefan wischte mit der Hand vor ihren Augen hin und her. Sie zeigte keinerlei Reaktion.

»Das ist noch nicht die ganze Wahrheit, Vera. Hörst du mir überhaupt zu? Sieh mich an, bitte. Der Kleine ... ich meine, Patrick ... er hat es nicht geschafft. Er ist aus seinem Schlaf nicht mehr erwacht. Er ist ... tot.«

Das Lächeln auf ihrem Gesicht irritierte Stefan. Sie strich ihm über die Wange und faltete ihre Hände schließlich in ihrem Schoß. Erstaunt verfolgte er, wie sie plötzlich aufstand und in die Küche ging. Auf halbem Wege drehte sie sich um. Ihr Blick ging durch ihn hindurch, als sie fragte: »Möchtest du auch einen Cappuccino?«

Epilog

Vera hatte nicht bemerkt, dass Schwester Marianne die Tür geöffnet und Stefan eingelassen hatte. Er nickte der Schwester dankbar zu und blieb still beobachtend stehen. Vera hatte in den Jahren, die sie nun in der Klinik verbrachte, nichts von ihrer Anmut, ihrer Schönheit verloren. Er genoss es immer wieder, die Nähe dieser besonderen Frau zu spüren, die sich in einer Welt bewegte, in der absoluter Frieden herrschte. Er hörte ihr bei seinen Besuchen geduldig zu, wenn sie davon berichtete, welch erfolgreicher Rechtsanwalt doch ihr Mann war. Er besuchte sie regelmäßig. Der Sohn eiferte seinem Vater nach und studierte in München Jura.

Das Essen vom Mittag stand noch immer unberührt auf dem Tisch. Langsam schritt Stefan auf sie zu und legte seinen Arm um sie. Sie zuckte nicht einmal zusammen und legte ihren Kopf an seine Brust. Ihr zufriedenes Lächeln konnte er im Spiegelbild der Fensterscheibe erkennen.

»Du musst jetzt etwas essen, Liebes, es wird sonst kalt. Peter kommt heute etwas später, er hat noch einen Termin.«

Danken möchte ich an dieser Stelle denen, die mir Mut machten, überhaupt mit dem Schreiben zu beginnen. Besonderen Dank dem Menschen, der mir Fehler vor Augen führte, die eigentlich jeder Autor beim Rohmanuskript macht. Hier überschütte ich meine ehemalige Nachbarin und gute Freundin Anne mit Dank. Sie musste sich durch Texte quälen, die noch Logikfehler enthielten. Das außergewöhnliche Buchcover entwarf mir wieder einmal der Designer Alexander Kopainski.
Einen großen Teil des Textes schrieb ich, während ich selbst im Krankenbett des Prosper-Krankenhauses Recklinghausen lag. Dank sage ich dem liebenswerten Personal der Urologie, die mir stets mit wichtigen Hinweisen zum Ablauf im KH-Alltag halfen.

Die beschauliche Idylle des Sauerlandes möchte der aus Kanada stammende Schriftsteller Patrick Schreiber eigentlich nutzen, um Depressionen, Schreibblockaden und Alkoholprobleme in den Griff zu bekommen. Der Herbstwald offenbart ihm allerdings ein schreckliches Geheimnis und einen Serienmörder, der ihm weit überlegen scheint. Mit Gewalt wird Patrick in einen Sog aus Mord, Lynchjustiz und Intrigen gezogen. Um einige ungewöhnlich brutale Frauenmorde aufzuklären, schaltet sich der bärbeißige LKA-Mann Franz Kalkove ein.

Fehlende Spuren lassen die Ermittlungen lange ins Leere laufen. Weitere Morde geschehen. Die Winterbergische Dorfgemeinschaft entpuppt sich außerdem als trügerische Fassade. Erst, als sich die beiden eigenwilligen Typen, der Schriftsteller und der Polizist, solidarisieren, scheint eine Lösung dieses Falles möglich. Dazu müssen aber Patrick und seine alte Liebe durch eine wahre Hölle gehen.

Mit Wortwitz wird der Leser durch das Geschehen geführt, ohne auf den erwarteten Grusel verzichten zu müssen. Nach der Lektüre wird man die kleinen Orte und Wälder rund um das Sauerländische Winterberg mit ganz anderen Augen sehen. Nichts wird mehr so sein wie vorher.

Als Nicole Manfred Kirchner begegnet, glaubt sie, den Richtigen für ein bleibendes Glück gefunden zu haben. Als das Monster die Maske dann fallen lässt, ist es schon zu spät. Nicole muss einen sehr hohen Preis bezahlen: Sexueller Missbrauch, grausame Misshandlung und kriminelle Machenschaften treiben Nicole fast in den Freitod.
Ihr Weg kreuzt den eines älteren Mannes. Nun erfährt sie, dass es auch Menschen gibt, die Hilfsbereitschaft und Freundschaft über ihre eigene Sehnsucht nach Liebe stellen. Doch Manfred Kirchner ist nicht der Mann, der sein Opfer so schnell aus den Klauen lässt. Das Schicksal treibt ein makabres Spiel und zwingt zwei Menschen an die Grenze des Zumutbaren.
Misshandlung an Frauen, die Sehnsucht nach wahrer Liebe, selbstlose Aufopferung und Trennungsschmerz weben eine tragische Romanze, die das Herz berührt. Wird Nicole sich befreien können? Erkennt sie das wahre Glück und greift danach? Autor Harald Schmidt lässt den Leser wie schon in seinen beiden vorangegangenen Romanen tief in die dunklen Seiten des menschlichen Zusammen-lebens eintauchen und bietet viel Stoff für Diskussionen. Ein ergreifender Frauenroman, der für Männer nicht geeignet ist. Sie würden das Buch und den Autor hassen.

Als der vierzehnjährige Claudio ungewollt durch einen Freund in die Drogengeschäfte der ›Organisation‹ hineingezogen wird, beginnt sein Leidensweg. Verrat und Misstrauen bringen ihn in allergrößte Gefahr. Zu seiner eigenen Sicherheit muss er Kalabrien, Familie und Freunde verlassen. Auf sich selbst gestellt, begibt er sich auf den steinigen Weg nach Deutschland. Hier hofft er, sich aus dem Netz der Mafia, der Ndrangheta, befreien zu können. Doch das Leben zeigt ihm mit aller Härte, was es bedeutet, der Vergangenheit entfliehen zu wollen. Kann Claudio untertauchen in einer für ihn völlig fremden Welt? Wird er eine Zukunft mit eigener Familie aufbauen können?
Findet er ›LA DOLCE VITA‹ auch in Deutschland?
Inspiriert von einer wahren Geschichte, schildert der Roman in ungeschönten Bildern, wie das Verbrechen ein Leben zerstören kann.
Ein Sumpf von Gewalt, Drogen und Korruption, aber auch tiefe Freundschaften begleiten den Jungen auf der Suche nach einer neuen Heimat.

Täglich gibt es in Deutschland etwa vierzig Fälle von Kindesmissbrauch. Die Dunkelziffer ist jedoch höher, denn viele Opfer und ihre Angehörigen schweigen, aus Scham, aus Angst. Heilt die Zeit diese Wunden? Kann der Mensch erlittenes Leid vergessen? Tina muss sehr bitter erfahren, was es bedeutet, wenn Gespenster der Vergangenheit lebendig werden. Wohlbehütet aufgewachsen, begegnen ihr plötzlich Grausamkeiten, die sie sich nie hätte vorstellen können. Die Gräueltaten eines Sexualtäters verknüpfen sich unaufhaltsam mit dem Schicksal ihrer Familie.
Ein Thriller, der nicht loslässt. Er nimmt den Leser mit in eine Welt, die direkt neben uns existiert. Eine Welt, mit der viele Menschen selbst Erfahrungen sammeln mussten und es aus unterschiedlichsten Gründen totschweigen.
Der Autor möchte mit seiner Geschichte nachdenklich machen und zu Diskussionen anregen. Gibt es hier nur Schwarz und Weiß, nur Gut und Böse?
Eine Geschichte, frei erfunden, doch grausam nah an der Realität.

    http://www.haraldschmidt-ebooks.de
    Kontakt über harald2066@gmx.de